比翼—HIYOKU—

鬼の風水 外伝

岡野麻里安

講談社X文庫

目次

物紹介

●筒井卓也《つついたくや》

七曜会《しちようかい》に属する〈鬼使い〉の統領の息子。明朗快活な十九歳で、強靭《きょうじん》かつ柔軟な精神の持ち主。神道《しんとう》系の大学に通う一年生だが、見た目は高校生で通る。本人に自覚はないが、鬼を魅了するフェロモンを放っているため、幾度となく鬼に襲われ、喰《く》われかけている。隙間風《すきまかぜ》の吹いていた恋人・薫との関係は復活したが、反面、半陽鬼との恋愛を許さない父親とギクシャクしており……!?

●篠宮《しのみや》　薫《かおる》

鬼と人間との間に生まれた十八歳の半陽《はんよう》鬼《き》。七曜会に所属する超一流の退魔師《たいまし》で、万人を惹《ひ》きつける危険な美貌《びぼう》の持ち主。かつては男女を問わず色恋《いろこい》沙汰《ざた》が絶えなかったが、卓也と出会ってからは彼だけを一途《いちず》に想《おも》っている。しかし、同時に人と半陽鬼の恋の行く末に不安も感じている。今回〈鬼使い〉統領失踪《しっそう》の一件で、聖司から、部外者は関わるなという辛辣《しんらつ》な態度を取られ…。

登場人

●渡辺聖司《わたなべせいじ》

卓也の叔父で、平安時代に鬼を退治した渡辺綱《わたなべのつな》の末裔《まつえい》。甥《おい》の恋人・薫《かおる》を疎《うと》んじる。

●筒井野武彦《つついのぶひこ》

卓也の父にして全国の鬼使いを統《す》べる統領。息子と薫の関係に苦悩している。

●藤丸《ふじまる》

卓也が使役《しえき》する式神《しきがみ》。薫の幼い頃の姿を模《も》した愛らしい童子で、愛称はチビ。

●筒井不二子《つついふじこ》

筒井家の次女。家族で一番華やかな美貌《びぼう》を持つが、言動は乱暴で男勝りな性格。

●筒井《つつい》一美《かずみ》

筒井家の長女。ショートカットで小柄な美女。几帳《きちょう》面《めん》な性格で丁寧語《ていねいご》を使う。

●筒井《つつい》五津美《いつみ》・六津美《むつみ》

筒井家の五女&六女。元気で賑《にぎ》やかなミーハー双子で卓也と薫を大々的に応援。

●金雀《きんじゃく》・獄王《ごくおう》

佐渡島《さどがしま》で野武彦を監禁する鬼の兄弟。兄・鉄火《てっか》を葬った野武彦を恨《うら》んでいる。

●蓬莱《ほうらい》

佐渡島に封印されている鬼。元は人間だが無実の罪で佐渡に流され鬼と化した。

イラストレーション／穂波《ほなみ》ゆきね

比翼—HIYOKU—

鬼《き》の風水《ふうすい》　外伝

序章

カーテンの隙間《すきま》から、朝の光が漏れてくる。

新宿《しんじゆく》、花守《はなもり》神社の宮司《ぐうじ》で、〈鬼使い〉一族の統領、筒井野武彦《つついのぶひこ》は夢を見ていた。


一面の花畑のなかだった。

秋桜《コスモス》が風に揺れている。

遠くから、小さな男の子が駆けてくる。

歳《とし》は七つか八つ。陽《ひ》に焼けた肌と茶色がかったやわらかな髪、アーモンド形の目。身につけているのは、デニム地の半ズボンと白いTシャツである。

末っ子の卓也《たくや》だ。娘が六人つづいた後の待望の男の子だったので、野武彦にとっては目に入れても痛くないほど可愛《かわい》い息子である。

野武彦のただ一つの気がかりは、卓也が幼い頃から、なぜだか鬼に好かれ、何度も喰《く》われそうになっていることだ。

というのも、鬼の最上級の愛情表現が愛《いと》しいものを喰《く》ってしまうことだからである。

卓也の肌からは、鬼にしか感じられない甘い香りがしているらしい。その香りは、人間にはわからないのだが。

幸い、卓也は鬼を恐れるような弱い子供には育たなかった。

「お父さーん！」

澄んだ声が野武彦を呼ぶ。

野武彦は両手を広げ、小さな息子にむかって笑いかけた。肩までのばした茶色の髪と陽《ひ》に焼けた肌、男性的な顔だち。長身の身体《からだ》を包むのは、迷彩柄のズボンと白いタンクトップだ。タンクトップの胸もとには、米軍の認識票のレプリカが揺れている。

「卓也！」

男の子は、まっすぐ野武彦の逞《たくま》しい腕のなかに飛びこんできた。

その瞬間、無数の花びらを抱きしめたような不思議な感触があった。

(何……？)

気がつくと、小さな男の子は野武彦の腕のなかで、十九歳の若者に変わっていた。ジーンズに白い綿シャツという格好だ。

妻の優美子《ゆみこ》によく似た顔は、まだ高校生といっても通用するほど幼い。

「卓也……」

「ごめんなさい、お父さん」

卓也は父を見上げ、すっと後ろに下がった。

違和感を覚え、野武彦は息子を凝視した。

「どうした、卓也？　何を謝る？」

「オレ……薫《かおる》と結婚することにしたんだ」

少年は照れたように頰《ほお》を赤らめ、左手をあげてみせた。その薬指には、細い銀色の指輪が光っている。

（なんだと⁉）

夢のなかで、野武彦のこめかみに青筋が浮きでた。

「ふざけるな！　男同士で結婚とはなんだ、結婚とは⁉　俺は絶対に認めんからな！」

少年は悲しげな目になって、父を見つめる。

その隣には、いつの間にか紫のスーツをまとった妖美《ようび》な人影が立っている。

少し癖のある長めの黒髪、透きとおるように白い肌、魂が吸いこまれてしまいそうな闇《やみ》の瞳《ひとみ》、ハーフのように彫りの深い美貌《びぼう》。

肩幅が広いわりに頭の小さなモデル体形のせいか、実際以上に背が高く見える。

仕立てのよさそうな紫のスーツの下には、白いスタンドカラーのシャツを着ている。ネクタイはしていない。

彼の名は、篠宮《しのみや》薫という。

卓也より一歳年下で、人間と鬼とのあいだに生まれた、半陽鬼《はんようき》と呼ばれる魔性の存在だ。

父は人間で一流の退魔師、篠宮京一郎《きょういちろう》、母は鬼で鬼道界《きどうかい》の巫女姫《みこひめ》であった女、藤子《とうこ》。

だが、篠宮京一郎も藤子もすでになく、現在、篠宮薫の家族といえるのは同じ半陽鬼の妹、透子《とうこ》だけだった。

十代の若さで、篠宮薫はすでに超一流の退魔師として知られていた。

野武彦は認めたくないことだが、彼は数年前から卓也の友人兼恋人となっている。

「オレ、薫と行くから。ごめん……」

卓也がポツリと呟《つぶや》いて、野武彦にむかって切なげに微笑《ほほえ》んだ。

「待て、卓也！」

野武彦は、息子に手をのばした。しかし、その手は空《くう》をつかむ。

秋桜《コスモス》の花が嘲笑《あざわら》うように揺れる。

「さようなら、お父さん」

寂しげな声が聞こえたようだった。

「卓也！　待て！　行くな！」

野武彦は、必死に走りだした。

しかし、追いかけても追いかけても、息子の姿は逃げ水のように遠ざかってゆく。

「卓也ーっ！」

花のなかで、半陽鬼《はんようき》が息子の肩を抱き、キスしようとしている。

野武彦は涙を流しながら、絶叫した。

「うわあああああーっ！　やめろおおおおおおおおーっ！」

＊　＊

「やめろおおおおおおおおーっ！　うちの息子に何をするーっ！」

叫び声をあげて、筒井野武彦は目を覚ました。迷彩柄のパジャマを着ている。

心臓がドキドキして、寝汗をかいていた。

彼が寝ていたのは、花守神社の敷地内にある自宅の寝室だ。

愛妻、優美子の趣味で統一された部屋はロココ調で、白いダブルベッドにはフリルのついた枕《まくら》が四つ置かれている。

やはり、フリルつきのピンクのカーテンの隙間《すきま》から、朝の光が射《さ》しこんでいた。

ベッドの隣に優美子の姿はない。もう起きて、一階のキッチンに降りたのだろう。

花柄の掛《か》け布団《ぶとん》をかけた野武彦の胸の上には、紫の狩衣《かりぎぬ》を着た五、六歳の童子が猫のように乗っていた。

肩まである艶《つや》やかな黒髪と雪のように白い肌、真っ黒な瞳《ひとみ》。滅多《めった》にいないほど愛くるしい顔をしている。

この童子は卓也の式神《しきがみ》で、正式名を藤丸《ふじまる》、通称をチビという。

童子の顔は、篠宮薫の幼い頃に瓜二《うりふた》つだ。

というのも、藤丸は薫の幼少期の姿を模《も》して作られていたからだ。

藤丸は卓也と薫が力をあわせて作りだしたため、卓也の式神でありながら、一部、薫の霊気も混じっている。

筒井家の女性たちはみな、藤丸の愛らしさに夢中で、隙《すき》あらば抱きあげたり、着せ替え人形にしようとしたりしている。

しかし、野武彦はできるかぎり藤丸を避けていた。

息子と篠宮薫の絆《きずな》を見せつけるようなものは、なるべく目にしたくなかったのだ。

それなのに、なぜだか、藤丸は野武彦にまとわりつき、懐《なつ》くような様子を見せている。

野武彦は数秒のあいだ、胸の上に乗った式神を凝視していた。

(どうして、おまえがここにいる……!?)

「どけ」

藤丸の首根っこをつかんで持ちあげ、床に放《ほう》りだすと、野武彦は顔をしかめてダブルベッドから下りた。

小さな式神はもうドアをすりぬけて、廊下のほうに逃げだしている。

(ったく……)

舌打ちした野武彦は、肩まで届く茶色の髪をくしゃくしゃとかきまわした。息子とよく似た、やわらかな髪質だが、そこにはすでに白いものが交じりはじめていた。

二十数回目の結婚記念日が、間もなくめぐってくる。

家庭を持って、七人の子供たちをもうけ、〈鬼使い〉の統領としても、宮司《ぐうじ》としても、父親としてもそれなりにがんばってきたつもりだった。

私生活では、人気少女小説家、夢野《ゆめの》らぶ子としても幾多のヒットを飛ばしている。

夢野らぶ子として書いてきた作品の大半が、愛妻、優美子をモデルにしたラブコメやファンタジー小説、それに魔法少女物だ。アニメ化された作品も多い。

当然ながら、妻との夫婦仲も良好だ。

妻の弟で、花守神社の離れに生息する退魔師の渡辺聖司《わたなべせいじ》は少々問題のある男だが、仕事では頼りになる片腕である。

野武彦の視線が、壁にかけられた家族のポートレートにむけられる。

凝った写真立てのなかにおさめられているのは、野武彦と優美子、長女の一美《かずみ》、二女の不二子《ふじこ》、三女の三奈子《みなこ》、四女の飛四子《ひよこ》と双子の五女、六女の五津美《いつみ》、六津美《むつみ》、そして末っ子の卓也の写真だ。

これが、野武彦の大切な家族だった。

隅のほうに貼《は》ってある渡辺聖司の写真は、見ないようにしている野武彦である。

（む……）

白いTシャツと迷彩柄のミリタリーズボンに着替えながら、ふと、野武彦は写真立てを凝視した。

数日前までなかったものが、そこにあった。

卓也と身をよせあい、瞳《ひとみ》だけで微笑《ほほえ》む紫のスーツの少年の写真だ。

望遠レンズで撮っているため、自然な表情が撮れている。写真としての出来はいい。

（なんだ……これは？）

野武彦のこめかみに、青筋が浮いてきた。

「誰だ、こんなものを入れたのは⁉」

怒りに震える手で息子と篠宮薫のツーショットをはがし、野武彦は足音も荒く寝室を出た。

「こんなことをしたのは、母さんか？　おーい！　母さん！」

板張りの廊下をドスンドスンと歩き、キッチンに飛びこむ。

しかし、そこに優美子の姿はなかった。

（どこ行ったんだ？）

「母さん！　いないのか？」

さらに居間に飛びこむと、ソファーに座っていた少年が顔をあげた。

秋だというのに陽焼《ひや》けした肌に、茶色がかった前髪がかかっている。毎朝、必死にドライヤーを使っても、すぐに崩れてしまうやわらかな髪質だ。

ルックスは親の欲目かもしれないが、そう悪くはないほうである。頬骨《ほおぼね》が高く、目鼻だちがはっきりしている。

優しい横顔は、驚くほど母親に似ている。アーモンド形の目は、綺麗《きれい》に澄んでいた。ほどほどに筋肉のついた、しなやかな身体《からだ》を包むのは、白い綿シャツとジーンズだ。

これが、息子の卓也である。

居間には、ほかの家族はいなかった。

（卓也……）

「お母さんなら、近所の奥さんたちと日帰りで梨狩《なしが》りに行ったよ」

「そうか……。そういえば、そんなことを言っていたな」

気まずい思いで、野武彦はテーブルの前に腰を下ろした。

テーブルには、野武彦用にラップをかけた朝食の皿と八枚切りのパンの袋が置かれている。皿に載っているのは目玉焼きとソーセージ、それにポテトサラダだ。

卓也が立ち上がり、マグカップにインスタントコーヒーをいれて野武彦の前に出す。

「ああ、すまんな」

ボソリと呟《つぶや》き、野武彦は手のなかの写真をテーブルに伏せて置いた。さりげなく腕を乗せて隠す。

「さっき、お父さんに三本電話がかかってきた。極楽《ごくらく》出版の斉藤《さいとう》さんが朝イチの原稿、どうなりましたかって。あと、昭和《しょうわ》製菓の山田《やまだ》さんが『星プリ』の食玩《しょくがん》第二弾の件で電話してくれって。それと、さくらテレビのディレクターから、来週の子供ニュースにゲスト出演してくれないかって。……それから、七曜会《しちようかい》から式神《しきがみ》が来た。明日の会議は来週に延期になったから、懇親会の日時も変更して、参加者全員に伝えてくれって。一美姉ちゃんからは、えーと、新幹線のチケットはお父さんの書斎の机に置いてあるって」

『星プリ』というのは、野武彦の代表作の一つ『星のプリンセス・ユミコ』のことだ。

一年ほど前にアニメ化されてから大ブレイクした魔法少女物で、海外での放映も決まっている。

「よく覚えているな」

野武彦はコーヒーを一口飲み、窓の外に目をやった。

宮司と退魔師と人気少女小説家の三足の草鞋《わらじ》は、時おり、こんな状況の混乱をもたらす。

いつもならば、秘書役の長女、一美がさばいてくれるのだが、今日は友人の結婚式で外出している。

筒井家の居間には、気づまりな沈黙があった。

卓也も自分のマグカップにコーヒーをいれ、立ち上る湯気をぼんやりながめている。

その時だった。

かすかな気配とともに、紫衣《しえ》の童子が居間に走りこんできた。

「あ……」

卓也がハッとしたような表情になり、父の顔をチラと見た。野武彦が藤丸を避けていることを知っているのだ。

野武彦は憮然《ぶぜん》として、藤丸をながめていた。

紫衣の童子は愛らしい仕草ででんぐりがえしをし、ソファーにぶつかって、コテンと横になった。

(たしかに、可愛《かわい》い……)

野武彦は、胸のなかでため息をついていた。

妻や娘たちが騒ぐのも無理はない。

だが、〈鬼使い〉の統領たるもの、女子供と一緒になって、はしゃぐわけにはいかなかった。

「式神《しきがみ》を出しっぱなしにするな」

「はい……」

身を縮めるようにして、卓也がうなずく。

藤丸が起き上がり、無表情に野武彦を見上げた。

野武彦は、舌打ちした。

「卓也、その式神だがな、目が覚めたら、俺の上に乗っていたぞ。どういう躾《しつけ》をしているんだ？」

「式神だから、躾はしてません」

「……へりくつをこねるな。とにかく、その式神をしまえ」

藤丸を指さした拍子に、野武彦の腕の下に隠してあった写真がはらり……と床に落ちた。

父と子はほぼ同時に写真を見、凍りついた。

野武彦は無造作に写真を拾いあげ、少しためらってから、テーブルの上に放《ほう》り投《な》げた。

卓也と薫のツーショットが表になる。

「寝室の写真立てに入っていた。おまえがやったのか？」

低い声で、野武彦は尋ねた。

卓也がサーッと青ざめ、激しく首を横にふる。

「そんなことしてません！　こんな写真があるのも知らなかったです！　オレじゃねえ！　違います！」

慌てて、卓也は写真をつかもうと手をのばす。

それより先に、二人の背後からのびてきた白い手が写真をさらっていった。

（む……？）

野武彦と卓也は、同時に振り返った。

そこには、平安貴族のような白い狩衣《かりぎぬ》姿《すがた》の美青年が立っている。見たところ、二十四、五。背中まである黒髪を首の後ろで結んでいる。

飄《ひょう》々《ひょう》とした顔には、穏やかな笑みが浮かんでいる。

筒井家の離れに居候《いそうろう》中の野武彦の義弟、渡辺聖司である。

聖司もまた、〈鬼使い〉ではないが、一流の退魔師だ。

白い狩衣はもともとは退魔師としての仕事の時だけの衣装だったのだが、いつの間にか家にいる時は普段着のように着て歩くようになってしまった。

卓也たちも見慣れているので、気にしない。

聖司は腕がたち、性格も穏やかで、女性にも優しいため、かなりモテる。だが、退魔師としての任務が忙しいせいか、いまだに独身だ。

表むきは、花守神社の禰宜《ねぎ》として、宮司《ぐうじ》である野武彦の手伝いをしている。

「叔父さん……」

卓也が小さな声で呟《つぶや》く。

「おはようございます、義兄《にい》さん、卓也君。二人そろって何かと思えば、卓也君と薫君のツーショットですか。ほほう」

写真をながめながら、のほほんとした口調で聖司が言う。

藤丸は聖司から離れた場所に移動し、警戒するような目になっている。

「返せよ、叔父さん」

卓也が、聖司の狩衣《かりぎぬ》の袖《そで》を引っ張る。

しかし、聖司は写真をひらひらさせて、返そうとはしない。

「薫君も写真に写るんですねえ。鬼なのに。面白いですねえ、義兄さん」

「鬼が写真に写らないという話は聞かないぞ」

憮然《ぶぜん》とした口調で、野武彦は言う。

彼にとって、時おり、この義弟はひどく嫌な奴に思える。

そもそも、聖司が卓也の相棒《あいぼう》として篠宮薫を推薦したりしなければ、今の状況はないわけだ。

（おまえが諸悪の根源だ）

言いたくても口にはできず、野武彦は腕組みした。

「オレじゃないですからね。その写真、悪戯《いたずら》したの」

まだ、聖司の手のなかの写真を奪いかえそうとしながら、卓也は言う。

聖司が卓也に写真を渡し、ふふふと笑った。

「そうでしょうねえ。君にそんなことをする度胸はなさそうですからね」

「じゃあ、誰がやったというんだ」

コーヒーをぐびりと飲んで、野武彦は義弟をねめつけた。

卓也が落ち着かなげな様子で父と叔父を見、後ずさる。

「あ……あの、オレ、もう行きます。出かけなきゃ。……行くぞ、チビ」

あたふたと居間を出ていく卓也の後から、紫衣《しえ》の童子もタタタッと走りだした。

それを見送って、聖司は白い狩衣《かりぎぬ》の肩をすくめた。

「容疑者は、うちの女性陣全員ですよ」

「女性陣全員だと？」

「みんな、卓也君と薫君を応援しています」

「篠宮薫は男で、半陽鬼《はんようき》だぞ……！　〈鬼使い〉の家にふさわしい相手かどうか……」

言いかけて、野武彦は深いため息をついた。

妻が篠宮薫のことを「もう一人、息子ができたみたい」と素直に喜んでいるのは、うすうす勘づいていた。

しかし、あらためて義弟に言われると、その言葉が胸にずしりとのしかかる。

聖司の言葉が正しければ、家族の大半が息子と同性の恋人を歓迎していることになる。

（娘たちもあっち側か）

「俺の味方はいないのか？」

肩を落として、野武彦は呟《つぶや》いた。

「私がいますよ、義兄《にい》さん」

聖司が、ふふふと笑う。

「おまえはいらん！」

「ひどいですねえ、義兄さん。冷たいですよ」

楽しげな口調で言う聖司を無視し、野武彦は居間を出た。

荒っぽい動作で身支度をすませ、玄関にむかう。

今日、明日じゅうに片づけなければならない〈鬼使い〉としての仕事があった。

新潟《にいがた》県の佐渡《さど》へ移動し、そこに封印されている鬼の様子を見ることだ。

鬼は永い眠りについたまま目覚めることはなかったが、年に一度、筒井家の当主が封印を確認するのが習わしだった。

移動に時間がかかる以外は、簡単な仕事である。

（一泊して明日の午後、戻ったら、結婚記念日に行くレストランを下見して、新幹線のな

かで仕上げた原稿を極楽出版に送って、夜は懇親会関係の電話か)

靴を履こうと屈《かが》みこんだ野武彦は、軽い腹痛を感じた。

(……ったく、幸先《さいさき》が悪い……)

舌打ちして、野武彦は筒井家の玄関を出た。

第一章　事件発生

穏やかな十月の陽《ひ》が、大観覧車を照らしだしていた。

東京、お台場《だいば》のパレットタウンだ。

ここには中世ヨーロッパの街並みを再現したショッピングモール、ヴィーナスフォートや、ボウリング場やカラオケ、ゲームセンターなどがある東京レジャーランド、トヨタのショウケースなどが集まっている。

その一角で、パレットタウンのランドマークである世界最大級の大観覧車がゆっくりと回転している。

観覧車のゴンドラは普通のものと違って円筒形で、上半分が透明なガラス、下半分がプラスチックの座席になっていた。プラスチックの部分はゴンドラごとに緑、青、ピンク、赤、オレンジ……と塗り分けられており、遠目に見ると、それぞれ違うゴンドラの色が全体で虹《にじ》のグラデーションを作りだしているのがわかる。

ゴンドラ内部の円い壁にそって作られた座席は六人掛けだが、通常はカップルにつき一台割り当てられている。

その一つ、ピンクのゴンドラのなかで、筒井卓也《つついたくや》は石のように固まっていた。父に、篠宮薫《しのみやかおる》とのツーショット写真を見られた翌日のことである。

真正面には、紫のスーツを着た薫の姿がある。

このゴンドラのなかには、二人しかいない。

(高《た》けえよ……。うわ……あんなに下が小さく見える……)

卓也は身体《からだ》を動かさないようにして、ゴンドラの手すりにしがみつく。

高所恐怖症ではないはずだが、観覧車はあまり好きではない。ゆっくり時間をかけて上昇し、ゆっくり降りてくるのが嫌いなのだ。

そのうえ、微妙に揺れるのがたまらない。

それなのに、乗ってしまったのは、十分ほど前の自分の発言のせいだ。

——なあ、薫って、なんで高いとこ好きなんだよ？　猫みてぇだよな。ほかの奴より高いとこから見下ろすと安心すんのか？

パレットタウンを歩きながら、卓也は何げなく言ったのだ。

美貌《びぼう》の半陽鬼《はんようき》は、無表情に答える。

——土地の〈気〉を視《み》ている。

——土地の〈気〉……？

(風水《ふうすい》みたいなもんか。……そんなもん、視《み》るのか？)

卓也の心の声を聞いたように、薫が静かに尋ねてくる。

――おまえは視ないのか？

その言葉に、卓也はカチンときた。

(なっ……なんだよ！　オレが不勉強だって言いてぇのか！)

――視るよ！　視るに決まってるだろ！

薫は、「また口から出まかせを」と言いたげな目になった。

その目つきに、卓也はさらにカチンとくる。

――よーし、じゃあ、証明してやるよ！　オレだって、〈鬼使い〉なんだぜ！　ちゃんと視えるって！　でも、ここじゃ、高い建物ねぇから、どっか行かねぇとダメだな！

薫が卓也の顔をじっと見、大観覧車を指さした。「あれなら、どうだ？」と言いたげな仕草だ。

(えぇーっ⁉　おまえ、ただ、観覧車乗りてぇだけなんじゃねぇの？)

言おうとした時、薫がボソリと口を開いた。

――視えないなら、無理はするな。

――視えるよ！　視えるに決まってるだろ！

売り言葉に買い言葉で、大観覧車に乗りこんだ卓也は、すでに後悔していた。

（なんで乗っちまったかな。あと何分くらいかかるんだろう）

大観覧車は二人を乗せて、ゆっくりと上昇してゆく。

眼下にフジテレビの特徴的な社屋と東京湾、それにレインボーブリッジが見えている。

しかし、卓也は外をながめるどころではなかった。手すりを握る手が冷や汗で濡《ぬ》れている。

「何か視《み》えるか？」

楽しげな目つきで、半陽鬼《はんようき》が尋ねてくる。こちらは、卓也とは対照的にリラックスしきった様子だ。

（この野郎……）

卓也は、手すりを握る手に力をこめた。

言い返したいけれど、ゴンドラの揺れが気になって、それどころではない。

座席の下と壁のガラスの一部にとりつけられた換気口から風が入りこんでくるのが、よけいに怖い。

換気口から、遥《はる》か下を走る車の騒音や救急車の音がはっきりと聞こえてくる。

薫は、そんな卓也を上から下までながめ、瞳《ひとみ》だけで微笑《ほほえ》んだ。

手すりにしがみつき、不安げな目をしている恋人の姿が可愛《かわい》くてしかたがないようだ。

「な……なんだよ。そんな目でこっち見んなよっ……！」

卓也のほうは毛を逆立て、フーフー言っている。

だが、よく見ると少し涙目だ。

薫は無表情に戻り、ゆっくりと立ち上がった。そのまま、卓也の隣の席に移動する。

その拍子にゴンドラが大きく揺れ、卓也はびくっとした。

「う……動くなよ！　揺れるじゃねえか！」

座席の端をギュッと握りしめた手に、白い手がそっと重なった。

（え……？）

ハッとする間もなく、貝殻のような耳に半陽鬼《はんようき》の唇が軽く触れる。

「卓也」

ささやく声はとろけそうなほど甘く、優しい。

「バ……バカ野郎……！　やめろよ、こんなとこで……！」

いつもなら、もう少し派手に抵抗するところだが、ここでは動くと足もとが不安定に揺れる。

それで、卓也は硬直したまま、まぢかにある薫の艶《つや》やかな黒髪と紫のスーツの肩を凝視していた。

「怖いのか？」

耳もとで、そっと尋ねられて、卓也は薫の綺麗《きれい》な顔を睨《にら》みつけた。

「怖くなんかねえよっ……！　ホントにっ……！」

(ホントにホントにホントにホントにホントにラーイオンだー。……って、大丈夫か、オレ。もうダメなのか)

首都圏ではお馴染《なじ》みの富士《ふじ》サファリパークのCMソングが、頭のなかでグルグルする。

「それなら、いい」

クス……と笑うと、薫は卓也の肩を抱きよせ、陽《ひ》に焼けた顎《あご》をつかんだ。

「な……っ……ちょっと……」

気配を察して、卓也は薫の白い手首を押さえた。

そのとたん、ゴンドラがぐらりと揺れた。

(うわっ！)

硬直する卓也の唇に、美しい唇がそっと触れる。

思わず、卓也は目を見開いた。

「やめろよ……！　こんなとこで……！　見られちまうだろ！」

(オレたち、男同士なんだから、普通のカップルみてぇな真似《まね》したらヤバいって)

焦《あせ》る卓也の唇に、何度も薫の唇があわさる。

ほのかに藤《ふじ》の花の匂《にお》いがしたようだった。

「ん……っ……ダメだって……」

炎の舌に舐《な》められているように、身体《からだ》が熱くなってくる。

キスだけで、達《い》ってしまいそうだ。

白い指が卓也の肩から背中に移動し、綿シャツの上から背骨をなぞりはじめる。

「や……くすぐってえよ……」

身をよじって逃げようとしても、薫はそれを許さない。

「バ……カ……野郎……」

薫の肩ごしに、青く晴れた東京の空が見える。

卓也は手すりにしがみついたまま、薫の頭がゆっくりと下のほうに移動してくるのを呆《ぼう》然《ぜん》と見守っていた。

（嘘《うそ》……）

白い綿シャツのボタンを外し、裾《すそ》をまくりあげた手が直接、脇腹《わきばら》を撫《な》でる。

「やっ……何……するんだよ、薫。ここ、観覧車のなかだぞ」

半陽鬼《はんようき》は卓也の前に跪《ひざまず》き、綺麗《きれい》な漆黒《しっこく》の瞳《ひとみ》で恋人をじっと見あげた。「それがどうした？」と言いたげな目つきだ。

（げ……）

卓也は、ゴクリと唾《つば》を呑《の》みこんだ。

（まさか……。いや、いくらなんでも薫がそんなこと……。でも、すげぇうれしそう……。なんか……これって……）
半陽鬼《はんようき》の唇が卓也の脇腹《わきばら》に軽く触れ、温かな舌が肌をぺろりと舐《な》めた。
思わず、卓也は両手で自分の口を押さえた。
びっくりして、大声を出してしまいそうになったのだ。
（やべ……まわりに気づかれちまう）
卓也の腰に腕をまきつけた薫は、陶然とした表情で、なめらかな肌に頬《ほお》をよせた。
鬼にしか感じられない甘い香りが、薫を誘惑しているのだろうか。
人間でしかない卓也には、自分の肌が妖《あや》しく香っていることなど、わからないのだが。
「薫……やめようよ。頼むから……」
おずおずと薫の肩をつかみ、押しやろうとしても、半陽鬼の身体《からだ》はぴくりともしない。
（まずいよ。どうしよう）
シュルリとベルトを引きぬかれ、卓也は全身を硬直させた。
慣れた手つきで、ジーンズのボタンが外され、ジッパーが下ろされる。
「ダメだって……ちょっと！　ちゅーくらいならいいけど、それはっ……！　薫！」
卓也は、必死に両手でそこをガードした。この一枚だけは、死守しなければいけない。
ガードしている手の甲や指に、半陽鬼の唇がねだるように触れてくる。
「ダメ！　絶対ダメ！」

薫は、無表情に卓也の顔を見上げた。

次の瞬間、ゴンドラの壁に白い手をつき、勢いよく揺らす。

「ぎゃあああああーっ！」

(揺れるー！)

思わず、卓也は全身で薫にしがみついた。

しまったと思ったのと、薫がニヤリとしたのはほぼ同時だった。

ゴンドラのなかで抱えあげられ、シートに腰かけた薫の膝《ひざ》にまたがるようにして座らされる。

(うわ……！　何、これ！)

恥ずかしいのと、ゴンドラの揺れが怖いのとで、卓也は涙目になっている。

「もう一回揺らしてやろうか？」

背後から耳もとに熱い唇が触れ、意地の悪い声が吹きこまれてくる。

繊細な指が卓也の太腿《ふともも》を撫《な》で、トランクスの隙間《すきま》から忍びこむ。

「やぁ……っ……やめろよっ……！」

卓也の背がびくんと跳ねた。

綿シャツの前は開かれ、なめらかな胸と色の淡い小さな乳首が露《あらわ》になっている。

その胸を長い指がなぞりあげ、揉《も》みしだく。

「く……う……んっ……」

ゴンドラのなかに、耳をふさぎたくなるような甘い声が響きわたる。

卓也は左手で自分の口を押さえ、ぶるっと身を震わせた。

どんどん肌が熱くなってくる。

まだ正気だと思う心とは裏腹に、いつも薫を受け入れる部分が浅ましく疼《うず》きはじめる。

「薫……」

卓也の瞳《ひとみ》に涙が盛りあがり、つっと流れだした。

涙に霞《かす》む目に、フジテレビの社屋と空が映る。

ずっと下のほうから、消防車のサイレンと車の騒音が聞こえてきた。

(信じらんねえ……。なんでオレ……)

ぴたりと密着した背中から、薫の速い鼓動が伝わってくる。

初めて肌をあわせた時、苦痛を感じたのが嘘《うそ》のようだ。

気も遠くなるような快楽を教えこまれ、受け入れたまま達《い》くことを知った身体《からだ》は、もう卓也の意思ではどうすることもできない。

胸をいじっていた指がゆるやかに降りてきて、布の下で固く張りつめた果実のようなものに、そっと覆いかぶさる。

卓也の喉《のど》から切なげな声がもれ、自然に身体が動く。

少年の頬《ほお》が、真っ赤に染まった。

声を噛《か》み殺《ころ》そうとしても、薫の指が上下するたびに身体《からだ》が震える。

「欲しいのか？」

耳もとにささやきかけてくる声も、欲情に濡《ぬ》れている。

「欲しくなんか……！」

言いかけたとたん、薫の指がそこをキュッと締めつけた。

「あぁっ……！」

卓也の身体が小刻みに震える。

薫が少年の顎《あご》を捉《とら》え、自分のほうをむかせる。

返事を促すような眼差《まなざ》しに、卓也は目を伏せ、こっくりとうなずいた。全身が羞恥《しゅうち》に火照《ほて》っている。

(薫のバカ野郎……)

恋人の想《おも》いを読みとったのか、薫はふっと笑ったようだった。

こんな時、いつもはさんざん焦《じ》らす半陽鬼《はんようき》も、今日ばかりは時間をかけようとはしない。

トランクスが引きおろされ、守るものがなくなった部分にひんやりした空気を感じる。

ほんの一瞬、卓也は身をすくめた。

ここが観覧車のなかだということが頭の隅をかすめる。

だが、もう抵抗の意志は残されていない。

身体《からだ》が熱くて、じっとしていられなかった。

望みどおりの場所に薫の指が滑りこみ、淫《みだ》らに蠢《うごめ》きはじめる。

濡《ぬ》れたような音が立ち上る。

「や……っ……」

卓也の腰から背骨にかけて、妖《あや》しい震えが走った。

背後から抱きかかえられるような不自由な姿勢で、こんな恥ずかしい真似《まね》をされている。

そう思うと、たまらなかった。

「薫……」

あえぐように呼びかける唇を、背後から薫の手がふさぐ。

「ん……っ……」

仰向《あおむ》いた喉《のど》に、つっと透明な汗の玉が流れた。

「卓也……」

陶然とした声が、卓也の名を呼ぶ。

卓也は手をのばし、手すりにつかまった。

薫が動くたびに、ゴンドラが揺れるのが怖くてたまらない。

怯《おび》える卓也の様子が、半陽鬼《はんようき》の欲望を刺激したのだろうか。

蕾《つぼみ》の奥を探《さぐ》るように動く指が、卓也の敏感な部分を捉《とら》えた。

少年のしなやかな身体《からだ》が、ビクビクッと震える。「ここか？」と尋ねるように、耳もとに熱い吐息がかかる。

「んっ……うっ……ダメ……そこ……薫……！」

（オレ……もう……）

そう思った時、ずるりと指がぬかれた。

頭がくらくらして、膝《ひざ》が震えている。

恋人の唇が卓也の唇に重なる。

「ん……ふう……っ……」

途中で中断された身体は、おかしいくらい熱くなっていた。

「薫……」

（欲しい）

自分でもどうしようもなくて、身をすりつけると、たまらなくなったように薫が卓也の両膝《りょうひざ》を抱えあげ、下から一気に腰を突きこんできた。

「ひっ……！　ああっ！」

卓也の喉《のど》から、甘やかな悲鳴が漏れた。

ゴンドラが大きく揺れる。

一瞬、ヒヤリとするのと同時に、今まで感じたことのない快楽が駆けぬける。

反射的に締めつけると、薫がかすかな声を漏らすのが聞こえた。

恋人の腕が、卓也の身体《からだ》を背後からギュッと抱きしめる。

「卓也……」

「やっ……！　そんな……奥までっ……！　あっ……あっあっあっ……ああっ……！」

ゴンドラは、しだいに高く上ってゆく。

卓也は薫の肩に頭をもたせかけ、小刻みに身体を震わせていた。

腰の奥に灼《しゃく》熱《ねつ》の溶鉱炉がある。

そこから溶けだした熱いものが快楽の炎となって、全身を焼きつくす。

「あっああっ……やっ……薫……っ……」

目の前に広がるのは、空と海の青だけ。

むせかえるような藤《ふじ》の花の香りのなかで、恋人たちは短い快楽を貪《むさぼ》っていた。

＊　　　　＊

（薫のバカ野郎……！）

よろよろしながらパレットタウンの公園を歩いていた卓也は、ベンチに座りこんだ。

かろうじて、観覧車が止まる前に服を着ることはできたが、まだ白い綿シャツのボタンが半分くらい外れている。

身体《からだ》の芯《しん》には、まだ薫の感触と痺《しび》れるような快楽の余韻が残っていた。

（バカバカバカバカ……っ！　オレのバカ……！）

恥ずかしくて、薫の顔を正視できない。

通り過ぎてゆくカップルや親子連れが、チラチラとこちらを見ていくのがわかる。

なかには、頬《ほお》を赤く染め、陶然とした表情で立ち尽くす者もいる。

薫の美貌《びぼう》に目を奪われているのだ。

しかし、薫はそんなものにはおかまいなしに、卓也の傍《かたわ》らに腰を下ろした。

恥じらう少年の耳もとに、唇をよせる。

「よかったぞ」

「バ……っ！　バカ野郎！」

思わず、薫にむかって拳《こぶし》を突き出すと、白い指が拳を受け止めた。

そのまま、手を握りこまれて、卓也は狼狽《うろた》え、目をそらした。

胸がドキドキして、おかしな気分になってくる。

(オレ、変だ。どうしよう)

薫は、「まだ足りないか?」と言いたげに微笑《ほほえ》む。

卓也の頬《ほお》が、またカーッと熱くなった。

(足りなくなんか……)

「行くか?」

ボソリと半陽鬼《はんようき》が呟《つぶや》く。

「行くって……どこへ?」

卓也の問いに、薫は黙って、ベンチの側《そば》の大きなボードに軽く触れてみせる。そこには、お台場の地図が描かれている。

(ん……?)

半陽鬼の指が示すのは、ゆりかもめの台場駅近くにある日本さくら航空系の高級ホテル、さくらホテル。

「ちょっと……薫……」

卓也は真っ赤になって、うつむいた。

(昼間っからホテル行って、つづきやんのかよ)

もう一度、ホテルで抱かれることを考えただけで、身体《からだ》の芯《しん》が淫《みだ》らに疼《うず》きはじめる。

思いもしなかった自分の身体の反応に戸惑い、卓也は激しく首を横にふった。

半陽鬼《はんようき》は、誘うような瞳《ひとみ》でこちらをじっと見ている。

(やめろよ)

そう言いたいのに、どうしても言葉にならない。

それを了解ととったのか、薫が指先で卓也の手のひらを軽く撫《な》でた。たったそれだけの刺激で、卓也の腰から背骨にかけて妖《あや》しい震えが走る。

「あ……」

「来い」

「ダメだって……」

恥じらいながら、小声で言いかけた時だった。

「あっれぇ？　薫君と卓也君じゃないかい？」

テノールの声が降ってきた。

(え？　この声……)

卓也は慌てて顔をあげ、立ち上がった。

そこには、二つの人影が立っていた。

片方は、大柄で筋肉質の青年だ。身長は二メートル近い。真っ黒な髪を短く刈りあげている。鍛えあげた身体《からだ》を包むのは、紺と臙脂色《えんじいろ》のラガーシャツとジーンズだ。

男臭い精悍《せいかん》な顔だちをしている。

彼の名は、伊集院健児《いじゅういんけんじ》という。空手の有段者で、卓也の高校時代の応援団の団長である。

屈強な外見からは想像もつかないが、踊りの家元の息子だ。

高校は二年前に卒業し、現在は新宿《しんじゅく》区内にある私立大学の演劇学部で演劇論を学んでいる。

だが、いまだに後輩からは「団長」と呼ばれ、慕われていた。

その隣には、ほっそりした女顔の青年が立っている。

茶色く脱色した髪を肩までのばし、首の後ろで結んでいた。団長とは対照的に、女のように綺麗《きれい》な顔をしている。

身につけているのは、ベージュのチノパンと煉瓦色《れんがいろ》の綿シャツである。手首には、銀のブレスレットが光っている。

彼は団長の幼なじみで、応援団では副団長を務めていた。

名を白鳥暁生《しらとりあきお》という。

現在は、港《みなと》区にある私立大の医学部に通っている。

ルックスがよく、武術とスポーツが得意で、女性にもモテるが、民間療法オタクで、宗教オタクという怪しげな嗜好《しこう》が玉《たま》に瑕《きず》だ。

卓也も今まで何度も、白鳥につかまって無理やり青汁を飲まされそうになったり、見るからに胡散臭《うさんくさ》い壺《つぼ》を売りつけられそうになっている。

　卓也と薫を呼び止めたのは、白鳥だ。

「ええっ⁉　白鳥先輩⁉　それに、伊集院先輩っ！　なんで、お台場なんかに……！」

言いながら、卓也は焦《あせ》って薫の手をふりほどく。

薫は、無表情に白鳥と団長をながめていた。

「奇遇だねえ、二人とも。デートかな」

白鳥が卓也と薫を見比べ、片目を瞑《つぶ》ってみせた。

「デートなんかじゃないっす！　違います！　オレたち、ただ、土地の〈気〉を視《み》るためにっ……！」

「へーえ。さすがは卓也君と薫君だね」

白鳥は、ニヤリとした。

その隣で、団長が妙な顔をしている。

「先輩たちこそ、デートですか？」

「誰がデートだ。おまえも妙な冗談を言うようになったな」

憮然《ぶぜん》とした表情で、団長が言った。

「あ、すいませんっ！　失礼しましたっ！」

条件反射で、卓也は深々と頭を下げてしまう。

「いいんだよ、卓也君。健ちゃんはね、観覧車に乗ったことがないんだってさ。珍しいだろ？　だから、ぼくが健ちゃんの観覧車バージンを奪おうと思ってね」

　白鳥が、うれしそうに言う。

　団長と白鳥は、幼稚園以来の幼なじみだ。応援団にいた時には、白鳥も立場上、伊集院を「団長」と呼んでいたが、プライベートではずっと「健ちゃん」だった。

「観覧車バージン……ですか」

（なんで、白鳥先輩って、こういう言い方するかなあ。……いい人なんだけどさ）

　心のなかで、卓也はため息をついた。

　薫は無表情のまま、卓也の首筋や肩のラインを目でなぞっている。

「その言い方はやめろ」

　団長は、露骨に嫌そうな表情になった。白鳥は、楽しげに笑っている。

「なんで、観覧車に乗ったことなかったんですか、伊集院先輩？　子供の頃とか、乗りませんでしたか？」

「俺は、ああいうチャラチャラした乗り物は好かん。男は男らしく、ジェットコースターだ。だいたい、ああいうものは恋人同士で乗るものだろう」

「そう……ですね」

　観覧車のなかでの痴態を思い出し、卓也はまた頬《ほお》が熱くなるのを感じた。

（やべえ。思い出すなよ、オレ……！）

「だって、健ちゃん、遊びでつきあうのは言語道断で、結婚の約束するまで、えっちするのもダメだって言ってるじゃない。そんなことじゃ、いつまでたっても観覧車バージンのままだよ。もっと人生、楽しまなきゃ。ね、卓也君？」

頭一つぶん大きな団長の厚い肩をポンと叩《たた》き、白鳥は卓也のほうを見た。

団長は「大きなお世話だ」と言いたげな顔をしている。

「え……あ……はい。そうかもしれませんけど……」

（たしか、団長って高所恐怖症じゃなかったかな）

ボソボソと言うと、白鳥は卓也をじっと見、クス……と笑った。

「そういえば、卓也君たちはもう乗ったのかな？」

「……乗りました」

一瞬、微妙な間があったのに白鳥は気づいたろうか。

「へえー。じゃあ、卓也君はもうバージンじゃないんだね。大人になっちゃったんだ。ふふ」

「ちっ……違いますっ！　そんなんじゃないです！　オレ、観覧車に乗ったの、これが最初じゃないっす！」

団長が「なぜ、そんなに必死になる？」と言いたげな目で卓也をながめている。

だが、焦《あせ》っている卓也は気づかない。

「あ、そおなんだ、卓也君。もうとっくにバージンなくしちゃってるんだ。へえー。どうりで会うたびに綺麗《きれい》になると思ったよ。お相手は誰かなあ？　もしかして……」

「うわー！　やめ！　やめてくださいよ！　違います、白鳥先輩っ！」

大慌てで、卓也は白鳥の口を押さえた。

白鳥はするりとぬけだし、つづきの言葉を口にする。

「よみうりランドの観覧車かなあ。それとも、横浜《よこはま》のみなとみらいの大観覧車かなあ」

「………」

(白鳥先輩のバカ……)

卓也は涙目になって、白鳥の女性的な顔を睨《にら》みつけた。

「ちなみに、ぼくは浅草《あさくさ》の花やしきのちびっ子観覧車だよ。初めての人って忘れられないよね」

白鳥は、うふふと笑う。

(人じゃねーよ、それ)

心のなかでつっこみを入れて、卓也は目をこすった。

団長が卓也をまじまじと見、ボソリと言った。

「筒井、おまえ、まさか、婦女子とよからぬ行為を……」

「そんなことしてませんっ！　天地神明にかけて誓いますっ！」

「よしっ！」

団長は、卓也の白い綿シャツの両肩にがしっと手を置いた。

「筒井、白鳥のような奴は無視して、俺たちは清らかに生きようなっ！」

「は……はい……」

(薫と……こうなってるって言ったら、団長、すげぇ怒るだろうな。いや、怒るんじゃなくて、軽蔑《けいべつ》されちまうかも……)

ふと、そんなことを思って、卓也は目を伏せた。

「どうした、筒井？」

団長が怪訝《けげん》そうな顔になった。

「いえ……」

どう答えてよいのかわからず、卓也は言葉を濁す。

(言えねえよ。……薫と……なんて)

なんとなく黙りこんでしまった四人の周囲を、親子連れやカップルが通り過ぎてゆく。

東京湾の潮風が、卓也のやわらかな髪を揺らして通り過ぎた。

その時、卓也の携帯電話が鳴った。

「あ……すいません！　携帯が……」

慌てて、卓也は団長から離れ、携帯電話をとりだした。

「はい、筒井です」

早口に答えたとたん、電話のむこうから緊迫した姉の声が聞こえてきた。

「卓也かい？」

二番目の姉、不二子《ふじこ》である。

「不二子姉ちゃん？　どうしたんだ？」

（なんだろう。いつもと違う感じがする……）

「落ち着いて聞きな。親父《おやじ》が行方不明になったよ」

「ええっ⁉　どういうことだよ、不二子姉ちゃん？　行方不明って……」

卓也は、大きく目を見開いた。

団長や白鳥が心配そうに、こちらを見ているのがわかる。

薫も顔には出さないが、卓也のことを気にしているようだ。

「くわしいことは、家に戻ってから話すよ。今、どこにいるの？」

「お台場だけど……」

「ふーん。じゃあ、一時間半で戻ってこれるね。寄り道するんじゃないよ。あと、七曜会《しちようかい》には言うんじゃないよ」

七曜会というのは日本の退魔関係者たちのトップに立つ組織で、政財界やマスコミに強力なコネクションを持っている。

会長は、伊集院雪之介《ゆきのすけ》。団長の曾祖父《そうそふ》である。

卓也たち〈鬼使い〉一族もまた七曜会に所属し、その指揮命令系統に組みこまれている。

筒井家は七曜会のなかでは発言力が大きいのだが、そのぶん、この一族を面白く思わない勢力もいた。

「なんでだよ?」

卓也は、声をひそめた。

携帯電話のむこうで、不二子がため息をつく気配があった。

「〈鬼使い〉の統領が仕事に出かけたまま行方不明ってのは、まずいだろ。信用問題だからね。親父《おやじ》が失敗したなんて話は、よそに漏れちゃ困るんだ」

「あ……ああ、わかった。じゃあな……」

(薫たちになんて言おう。何も言わなきゃ、心配するだろうし……)

卓也は仲間たちをチラと見、携帯電話を切った。

「何か大変なことがあったみたいだね」

白鳥がポツリと言う。

「ええ……ちょっと……」

「じゃあ、ぼくと健ちゃんはここで。薫君ともせっかく会えたのに、残念だけど、しょうがないね。また時間ができたら遊んでよ、卓也君、薫君」

ニコッと笑うと、白鳥は団長を引っ張って歩きだす。

「またな、筒井、篠宮」

団長も卓也たちにむかって肩ごしに言い、足を速めた。

二人とも、卓也に気を遣ってくれているらしい。

「すいません、伊集院先輩、白鳥先輩！　ありがとうございました！」

深々と頭を下げる卓也にむかって、白鳥と団長は振り返らずに手をふってみせる。

＊　　＊

およそ一時間半後、卓也は新宿にある花守《はなもり》神社にたどりついた。薫も一緒である。

居間に入ると、そこには長女の一美《かずみ》、二女の不二子、双子の五女と六女の五津美《いつみ》、六津美《むつみ》と叔父の渡辺聖司《わたなべせいじ》が集まっていた。

母の優美子《ゆみこ》は、三女の三奈子《みなこ》と四女の飛四子《ひよこ》と一緒に出かけていて、まだ戻らない。

「ただいま。……どうなってるんだ、状況？」

卓也が尋ねると、姉たちと叔父が振り返った。

五津美と六津美が目ざとく、卓也の背後の薫を発見し、うれしげな顔になった。

「あっ、薫君だ！」

「ホントだー！」

二人とも、鏡に映ったようにそっくりだ。

アイドルのように可愛《かわい》らしい顔だちで、肩までの髪を栗色《くりいろ》に脱色している。華奢《きゃしゃ》な身体《からだ》を包むのは、白のカーディガンとニットのアンサンブルに幾何学プリントのスカートだ。

六津美はゆるいパーマをかけていて、淡い緑系のスカートをはいている。

五津美はストレートパーマで、淡い赤系のスカートだ。

違いといえば、それだけで、もしも髪型と服装を同じにしたら、家族でも見分けがつかないかもしれない。

「久しぶりー、薫君ー！」

「薫君も来てくれたんだー！　薫君ー！」

双子は笑顔で、薫にむかって手をふる。声の質も、ノリもそっくりだ。

薫は五津美と六津美にむかって、かすかに微笑《ほほえ》んでみせた。

キャーッ！　という黄色い歓声が湧《わ》き上《あ》がる。

（薫、なんで、姉ちゃんたちに愛想《あいそ》ふりまくんだよ。おい……）

普段は、卓也以外の相手には徹底して無関心な薫である。

（おまえ、自分が美形だってわかってるだろ？）

そんなことを思って、卓也はなんとなく面白くない気分になった。

五津美と六津美は、まだ騒いでいる。

（姉ちゃんたち……そんなことやってる場合か？　っていうか、オレのことは無視か？）

「五津美、六津美、静かになさい」

ショートカットの小柄な美女――一美が、双子の妹たちをたしなめる。

こちらは長女らしい几帳面《きちょうめん》な性格を表すように、青い綿シャツに白いタイトスカートという、かっちりしたスタイルである。

その隣で、不二子も「やれやれ」と言いたげな目になっている。

家族でいちばん華やかな美貌《びぼう》を持つ彼女は、長い黒髪を背中までたらし、目のまわりにくっきりとアイラインを引いている。長い睫毛《まつげ》はマスカラで強調され、瞳《ひとみ》のまわりに濃い影を落としていた。オリエンタルビューティーふうのメイクと髪型である。

身につけているのは、秋だというのにノースリーブの赤いワンピースだ。すんなりと長い素足は、モデルのように綺麗《きれい》だった。

手足の爪《つめ》は入念に手入れされ、パールベージュのマニキュアが塗られていた。

不二子が動くと、きつい香水の匂《にお》いがした。

狩衣《かりぎぬ》姿《すがた》の聖司が半陽鬼《はんようき》を見、眉《まゆ》をひそめた。

「薫君、すみませんが、君は出ていってもらえませんか」

「え……？　なんでだよ、叔父さん？」

（いいじゃねえか。いたって）

卓也は叔父の視線を捉《とら》え、尋ねる。

薫は、岩のような無表情になった。

この半陽鬼は、聖司のことを好いていない。聖司が彼と卓也の仲を快く思わず、何かと邪魔をしようとするためだ。

七月の箱根《はこね》での事件の後、聖司は薫にむかって、これ以上、卓也に近づくなら排除すると言った。

むろん、薫がその言葉に従うわけもないのだが。

「これは、筒井家の問題です。部外者にうろちょろされては困ります」

冷ややかな表情で、聖司が言う。

「でも、薫君は家族みたいなものだし」

「そうだよね。お母さんだって、息子が増えたみたいだって喜んでたし。ねえ？　いいじゃない、叔父さん」

五津美と六津美が言いだす。しかし、聖司は首を横にふった。

「いけません。法律上の親族以外は認めません。今は非常時なんですよ」

「でも……」

　卓也が言いかける。

　その時、かすかに藤《ふじ》の花の香りがしたかと思うと、美貌《びぼう》の半陽鬼《はんようき》が踵《きびす》をかえし、歩きだす気配があった。

(え……⁉)

「薫！　待てよ！」

　反射的に、卓也は追いかけた。

　廊下の途中で、薫に追いつく。

「なんで、帰るんだよ……⁉　叔父さんの言うことなんか、気にするなよ！」

　薫は卓也をチラと見、無感動な声で答える。

「俺は部外者だからな」

「薫……」

　思わず、黙りこんだ卓也を置いて、薫は筒井家の玄関を出ていった。

　遠ざかる後ろ姿を見つめ、卓也は呆然《ぼうぜん》と立ち尽くしていた。

(そんな……)

　こんな大変な時に、薫が自分を置いていってしまうとは思わなかった。

(そりゃあ、叔父さんにあんなこと言われたら、出てくしかねぇのかもしれねえけどさ。

でも……恋人なんだから、側《そば》にいてくれたって……)

もちろん、そんなことはわがままにすぎないのはわかっていたのだが。

「卓也、おいで」

背後から、不二子の声が聞こえてくる。

卓也は後ろ髪を引かれる思いで、姉たちの待つ居間に戻った。

居間ではテーブルの上に地図が広げられ、叔父が何か説明している。

「元気出しな、末っ子」

不二子が卓也の頭をポンと叩《たた》き、少し微笑《ほほえ》んでみせる。

「叔父貴の言うことももっともだよ。薫君が帰ったのは正しい判断だと思うよ」

「そうかな……」

「こんなことくらいで、おまえらの絆《きずな》は揺らいだりしないだろ？ それとも、その程度でダメになるような薄っぺらいつきあいなのか？」

「そんなわけねぇだろ」

卓也は、ため息をついた。

「じゃあ、大丈夫だよ。そんなことより、親父《おやじ》の行方を捜さないとね」

不二子は真面目《まじめ》な顔になって、テーブルの上の地図をのぞきこむ。

つられて、卓也も地図に目をやった。

特徴的な形の島が描かれている。

新潟《にいがた》県の佐渡《さど》だ。

「もしかして、親父《おやじ》の行き先って佐渡島《さどがしま》だったのか？」

ボソリと呟《つぶや》くと、聖司が顔をあげた。

「そうですよ。知らなかったんですか？　お父上は、毎年このくらいの時期に佐渡に行かれてるでしょう？」

（そういえば、そうだっけ）

卓也は、アーモンド形の目を瞬《しばた》いた。

「そんな気もするけど……佐渡島って、なんのために？」

「〈鬼使い〉の次期統領の言葉とも思えませんね。嘆かわしい。……佐渡には、鬼が封印されています。お父上は……いえ、代々の〈鬼使い〉の統領は年に一度、その鬼がおとなしく眠っているかどうか確認するため、佐渡に渡るんですよ」

狩衣《かりぎぬ》の胸の前で腕を組み、聖司は穏やかに言った。

（へえ……。そうだったんだ……）

「ってことは、その鬼を封印したのもうちの一族かなんかなのか？」

「そうですね。だいぶ昔の〈鬼使い〉らしいですが。……封印されている鬼の名は、蓬萊《ほうらい》といいます。かつては人間だったそうですが、人間としての名は伝わっていません。もともとは、さる高貴な身分のかたのご落胤《らくいん》で、無実の罪で佐渡に流されたとか」

「無実の罪で……？」

「そうです。蓬萊は、怒りと絶望の果てに鬼となりました。そして、佐渡で暴れまわり、多くの人を殺し、島を海に沈めようとしたといいます。しかし、ある時、一人の翁《おきな》が蓬萊の前に現れ、素晴らしい舞を舞いました。蓬萊はその舞に魅せられ、島を沈めるのをやめ、地中深くで眠りについたのです」

「舞だけでか……？」

卓也は、まじまじと叔父を見た。

(そんなこと、できるのか？　舞だけで鎮《しず》めるって)

聖司が微笑《ほほえ》む。

「すごいでしょう。ちなみに、その翁の名は世阿弥《ぜあみ》といいます」

「ぜあみ……？　誰、それ？」

(大工かなんかか？)

呟《つぶや》いた卓也の頭を、不二子がスリッパでスパーンッと叩《たた》く。

「世阿弥っていったら、能楽の有名人だろ。室町時代の猿楽能《さるがくのう》の大成者だよ。能の台本もずいぶん書いてる。結婚式でよく謡《うた》われる『高砂《たかさご》』も世阿弥の作品だ。ちなみに、室町時代の後半は戦国時代ともいうよ。わかったかい、末っ子！」

「痛《い》ってえなあ！　スリッパはやめろよ、スリッパは！」

「世阿弥も知らなかったくせに、えらそうなこと言うんじゃないよ」

　不二子はスリッパを履きながら、ふんと笑う。

（なんだよ……）

　卓也は憮然《ぶぜん》として、叩《たた》かれた頭をさすった。

　しかし、世阿弥を知らなかったのは事実なので、文句は言えない。

「たっくん、世阿弥って有名だよー。知らないのぉ？　絶世の美少年だったんだから！　身分の低い芸人だったけど、観阿弥《かんあみ》パパの方針で小さい頃から古典とか勉強してるから物知りだし、和歌の才能もあったし、もうね、完璧《かんぺき》だったんだから！」

　横から五津美が言いだす。

「そうそう！　それで、十代の頃、足利義満《あしかがよしみつ》の前で踊って、一発でと・り・こにしちゃったんでしょ！」

「いやーん！　将軍のご寵愛《ちょうあい》っ！」

「義満は世阿弥の五つ上なんだよ、知ってた、五津美？」

「えー!?　マジマジ!?　五つ上ってことは、世阿弥が十四の時に十九っ！　十五だったら、二十歳《はたち》っ！　それって、おいしすぎ！」

　双子は顔を見あわせ、キャーッと騒ぎだす。

卓也は、はあ……とため息をついた。

(五津美姉ちゃんも六津美姉ちゃんも、わけわかんねえ。五歳違うから、なんだってんだよ?)

「佐渡当時の世阿弥は、七十代から八十代です。五津美さんや六津美さんの心の琴線に触れるお歳《とし》じゃありませんよ。残念ながら。晩年の世阿弥は、佐渡に流罪《るざい》になっていますしね」

聖司がコホンと咳払《せきばら》いして、話をもとに戻す。

「蓬莱は、世阿弥の舞によって鎮《しず》まり、眠りにつきました。そのままだったら、ずっと眠りつづけていたでしょう。しかし、運が悪いことに蓬莱が眠りについた場所は佐渡金山《さどきんざん》の鉱脈のなかだったのです」

「鉱脈のなか……? それって、掘りだされたりしねえか?」

卓也は、小首をかしげた。

「そのとおりです。金をもとめて金山を掘った人々は、地中深くに眠っていた鬼を目覚めさせてしまったのです。目覚めた蓬莱は金山で亡《な》くなった人々の怨霊《おんりょう》をとりこんで変質し、再び暴れはじめました。多くの島民が殺され、そのために島の海岸は死骸《しがい》から流れる血で赤く染まったと聞きます。その時、〈鬼使い〉のご先祖が蓬莱を倒し、再びその骨を鉱山の地底に封印したそうです。以来、百数十年、蓬莱は静かに眠りつづけています」

聖司は、佐渡の地図を見下ろした。

「そうなんだ……。なあ、叔父さん、まさか、その鬼が親父《おやじ》の行方不明と関係あるんじゃねえよな？」

（そんな凶悪な鬼、また目覚めたりしたら……かなりやばくねぇか？）

ブルッと身震いし、卓也は自分の両腕をこすった。

「その可能性も否定しきれません。ただ、佐渡にたどりついたのか、その前で何かあったのか、今のところ、はっきりしていませんのでね。新潟行きの新幹線に乗ったのは間違いありませんし、新潟駅近くの銀行で預金を引き出したのも確認されていますが、その先のお父上の行動が不明です」

心配そうな表情になって、聖司が呟《つぶや》く。

「式神《しきがみ》は……？　式神飛ばしたら、連絡つくんじゃねえのか？」

「それが、式神もお父上の霊気を追えなくて戻ってきてしまうんですよ」

（マジで……？）

卓也の背筋に、冷たいものが走った。

いつ、いかなる時も強く、間違いのなかった父である。

その父に何か異変が起きたのだと思うと、たまらない気持ちになってくる。

一美と不二子は難しい顔をし、五津美と六津美はシュンとしている。

みな、野武彦《のぶひこ》の身にただならぬことが起きたのだとわかっていた。

「ねえ、お父さん、無事だよねえ？」

小さな声で、五津美が言う。

「無事に決まってるじゃない。変なこと言わないでよ、五津美」

六津美が、五津美そっくりの愛らしい顔をしかめた。

「だって、お父さんが連絡なしで行方不明になるって、ありえないよ。今まで、一度だって、そんなことなかったじゃない」

五津美の瞳《ひとみ》が潤《うる》みはじめている。

「七曜会に協力を要請したほうがいいでしょうか。下手《へた》に隠しだてして、状況を悪化させるよりは……」

ポツリと一美が呟《つぶや》いた。

「姉貴は、最悪の状況を考えすぎ。五津美と六津美もだよ」

不二子が笑って言う。筒井家の次女の顔には、不敵な表情が浮かんでいた。

「あの親父《おやじ》がだよ。万が一、死んだとしても、それがあたしたちにわかんないわけないだろ。あたしたちは、退魔師だ。それもトップクラスのね。親父だって、〈鬼使い〉の統領だ。もし、死んだって、誰かの夢枕《ゆめまくら》に立つくらいのことはするに決まってる。それがないんだから、親父は生きてるよ」

「そうかなあ？　不二子姉ちゃん、そう思う？」

「ホントにそうかなあ？」

五津美と六津美が涙目になって、不二子の腕にとりすがる。

「うんうん。大丈夫だよ。……っていうか、しっかりしな、あんたたちはもう！」

不二子にどやされて、双子は口々に「不二子姉ちゃん、暴力的」だの「デリカシーないよね」などと言いはじめた。さっきより、だいぶ元気は出たようだ。

「じゃあ、オレたち、どうしたらいいんだ？　まず、新潟行ってみるのか？」

卓也は、姉たちの顔を見まわした。

「そうですね。ここで連絡待ちの班と、現地へ行って情報収集する班と二つに分けましょう」

一美が、事務的な口調で言う。

「じゃあ、オレ、新潟行くよ」

真っ先に、卓也は手をあげた。

父のことが心配なのはもちろんだが、卓也には今回の件で積極的に動きたい理由がもう一つあった。

（オレが助けに行って、この事件を解決できたら、親父《おやじ》だって、オレと薫のこと認めてくれるかもしんねえ……）

いつまでも隠しつづけて、逃げまわるわけにもいかない。

この機会に、ふんぎりをつけたい卓也だった。

「では、私も行きましょう。一仕事片づけてからですから、明日あたり新潟で合流する形になると思いますが」

聖司が静かに言う。

（えー？　叔父さんが来ると、なんかなあ……。頼りにはなるけど、薫とのことは邪魔されそうなんだよな）

しかし、それを口にするわけにもいかない。

「あたしも行くよ」

不二子が一美を見て、言う。

「じゃあ、あたしも行くー」

「あたしも、あたしもー」

五津美と六津美が、競《きそ》って手をあげた。

卓也は姉たちを見、首をかしげた。

「ちょっと多くねぇか？」

（叔父さんに不二子姉ちゃんに、五津美姉ちゃんと六津美姉ちゃんって……）

一美が卓也に視線をむけ、胸の前で腕を組んだ。

「ノープロブレムです。手分けして捜す必要があるかもしれませんから、人数は多いほうがいいのです。朝晩の定時連絡を忘れないでください。くれぐれも、まわりには我々が捜しているのが〈鬼使い〉の統領だと知られないように」

「はいっ」

五津美、六津美が声をそろえる。

「大丈夫だよ、姉貴。そんなに心配しなさんな」

不二子が一美にむかって、親指を立ててみせる。

一美は、青い綿シャツの肩をすくめた。

「花守神社のほうは、私が責任を持ちましょう。それでも、誤魔化《ごまか》せるのはせいぜいが三日。それを過ぎれば、七曜会が詮索《せんさく》しはじめます。一日も早く見つけだしてくださいね」

「はい」

卓也も、うなずいた。

聖司が、白い狩衣《かりぎぬ》の懐《ふところ》から呪符《じゅふ》をとりだす。

「さあて。義兄《にい》さんそっくりの式神《しきがみ》でも出しておきましょうかね」

指先で呪符の表面に文字らしきものを書くと、聖司は印《いん》を結び、口のなかで何か唱えた。

そのとたん、呪符が床にひらりと落ち、パーッと光る。光は人の形をとり、ほどなく実体化した。野武彦そっくりの男が無表情に立っている。

「これを書斎に置いておけば、しばらくはもつでしょう。原稿も書きますよ」

聖司は、ニッコリと笑った。

＊　＊

卓也たちは、上越《じょうえつ》新幹線で新潟にむかった。

新潟市内で情報収集した後は、新潟港から船で佐渡に入る予定だ。

帰宅した母、優美子と三女、三奈子、四女、飛四子、それに長女の一美が五人を見送った。

卓也たちが東京を出てから数時間後、篠宮薫は六本木ヒルズの上に立っていた。

秋の陽《ひ》は、すでに沈みはじめている。金色の夕陽が、半陽鬼《はんようき》の美しい姿を照らしだしていた。

そんな彼の前に、ふわりと紫衣《しえ》の童子が舞い降りる。藤丸《ふじまる》だ。

薫は、黒髪の童子を見下ろした。

藤丸が薫にむかって、すっと紅葉《もみじ》のような手をあげる。

その手のなかには、白い封筒が握られていた。

薫は無表情のまま、封筒を受け取り、なかの手紙を読んだ。

手紙は、卓也からだった。行き先が新潟だということと、現在の状況が書かれている。

藤丸が、尋ねるような瞳《ひとみ》で薫を見上げる。

美貌《びぼう》の半陽鬼《はんようき》はもう一度、手紙を読むと、わずかに目を細めた。

手のなかで封筒と便箋《びんせん》がぼっと燃えあがった。脆《もろ》い紙は、強い風に煽《あお》られ、見る見る燃え崩れてゆく。

「卓也に伝えろ。俺は行かないと」

紫衣《しえ》の童子は手をのばし、薫のスーツの裾《すそ》をつかんだ。真っ黒な目が、薫の美しい顔を映す。

薫は藤丸にはかまわず、東京の街をながめわたした。

その時だった。

かすかな気配とともに、白い狩衣《かりぎぬ》姿《すがた》の青年が薫の視界の隅に現れる。

いつの間にここまで上ってきたのか、気配もしなかった。

(渡辺聖司)

薫はチラと青年を見、藤丸に「行け」と目で促す。

紫衣の童子はタタタッと走りだし、両手を広げてビルの上から飛び降りた。

小さな身体《からだ》が鳥のように風に乗り、ゆるやかな弧《こ》を描いて降下してゆく。

それを見送って、聖司が薄く笑った。

「薫君、藤丸から情報はもらったようですね。どうしますか？　卓也君を追って、新潟へ行きますか？」

薫は「おまえには関係がない」と言いたげな目になった。

「前にも警告しましたね。これ以上、卓也君にまとわりつくようならば、私が排除すると」

それは、この夏の箱根での事件の後だった。

早朝の芦《あし》ノ湖《こ》湖畔に薫を呼びだし、聖司は言ったのだ。

——まだ、卓也君をあきらめるつもりはありませんか？

——ない。

——そうですか。でも、私は君と卓也君の関係を認めるつもりはありません。この先も卓也君の前に現れるようなら、私は君を全力で排除します。

長いこと、卓也を見守ってきた聖司の宣戦布告だった。

あれ以来、薫と聖司のあいだには前にも増して冷ややかな空気が流れている。

「それで？」

無感動な声で、薫は尋ねる。

聖司は、薄く笑った。

「安心なさい。こんなところで攻撃をしかけるつもりはありませんよ。君には、七曜会からの伝言を伝えにきました」

薫は「伝言だと？」と瞳《ひとみ》だけで尋ねる。

「君に新しい任務ですよ。場所は北海道《ほっかいどう》です。くわしい内容は、このなかにあります」

狩衣《かりぎぬ》の懐《ふところ》から折り畳んだ茶封筒をとりだし、聖司は無造作に薫にさしだした。

薫は茶封筒を見、聖司の白い顔を見た。

(俺を追い払うつもりか)

おそらく、聖司はわざわざ出発を遅らせ、薫のためにこの任務を用意したのだろう。

新潟から遠く離れた土地の任務を。

七曜会の上部に顔がきく聖司らしい嫌がらせだった。

「どうしました？　さあ、お取りなさい」

聖司が、半陽鬼《はんようき》を促す。

しかし、薫はそれを黙殺した。無言のまま、聖司の横をすりぬけ、歩きだす。

「薫君、七曜会からの命令を無視するつもりですか？」

聖司の白い狩衣が、風をはらんで大きく膨らむ。

薫は、紫のスーツの肩ごしに聖司を振り返った。半陽鬼の漆黒《しっこく》の瞳は、閉ざされた扉のようだった。

「俺は、行かないつもりだった」

それだけ言うと、薫は卓也の叔父に背をむけた。

「私のせいで気が変わったというわけですか。では、七曜会に報告しなくてはね」

遠ざかる背中にむかって、優しげな声で、聖司が言う。

けれども、薫の返事はなかった。

＊　　＊

新潟県、佐渡。その玄関口が、両津港《りょうつ》である。

両津港から車で十分ほど行ったところに、四階建ての白い病院が建っている。

両津総合病院だ。

病院は、外来の診察室がある北棟と病室がある南棟に分かれていた。

南棟の四階の奥まった病室で、かすかに鬼の気配が動いた。

「もう一度言え」

低く命じたのは、小柄な若者だ。身長は百五十センチあるかないか。やや長めの髪を金色に染めている。

身体《からだ》つきは大人だが、全体に細く、顔が童顔なせいか、子供のように見える。灰色のズボンの上に白衣を着て銀ぶち眼鏡をかけているが、まるで似合っていない。それもそのはず。若者の金色の髪のあいだから、赤い角が一本生えている。

だが、強い霊力のない者にはその角は視《み》えないだろう。

小柄な鬼の前には、看護婦の白衣を着た若い娘が虚《うつ》ろな目で立っている。

「はい……。三階の十二号室に入院した筒井さんから、東京の花守神社に連絡してくれるように頼まれました」

「花守神社だと？」

小柄な鬼が呟《つぶや》く。

「金雀《きんじゃく》兄さん、その筒井って……」

二人の背後から、重低音の声が聞こえてきた。

声の主《ぬし》は、身長二メートルはゆうにありそうな巨漢だ。浅黒い肌で、真っ黒な髪をざんばらにのばしている。髪のあいだから、赤い角が二本生えていた。

がっしりした身体に白衣を無理やり着ている。白衣はボタンがちぎれ、あちこち破れていた。白衣の下は、身体にあわない、だぶだぶの黒いズボンだ。

「どうやら、あいつらしいな、獄王《ごくおう》」

金雀と呼ばれた小柄な鬼が、牙《きば》をむきだして笑う。

「じゃあ、本当に筒井野武彦がここにいるのか？　嘘《うそ》みたいだ」

獄王も、すさまじい笑みを浮かべた。

「ああ、ようやく、鉄火《てつか》兄さんの仇《かたき》が討てる。……それで、その筒井という男は病気なんだな？」

金雀が、若い看護婦の顔をじっと見る。

看護婦は魂がぬけたような表情で、こくりとうなずく。

「はい。虫垂炎《ちゆうすいえん》です。救急車で運びこまれてくるのがもう少し遅かったら、破裂していたかもしれません」

「破裂だって……。兄さん、怖い病気だね。それは伝染《うつ》るのかな？　鬼には伝染らないよね？」

獄王が身震いして言う。

大きな身体《からだ》のくせに、本気で怯《おび》えている。

「伝染らないよ。安心しろ」

金雀は「やれやれ」と言いたげな目になって、白衣の肩をすくめる。

「筒井野武彦を倒すには最高の機会だが、充分に準備しないと、こっちがやられる。なにしろ、〈鬼使い〉の統領だからな」

「どうしよう、金雀兄さん？　一気に攻撃して、押しつぶしちゃおうか？」

「おまえは、どうして、そう力で解決しようとするんだ。いくら病気でも、油断はできない。あの男が必死になったら何をするかわからないぞ」

「じゃあ、どうするんだよ？」

「まずは結界を張ろう。霊力の強い人間は出入りできないような結界だ。普通の人間は出入りできるから、気づかれることはない。そのあいだに、医者と看護婦を操って、あの男の目をつぶさせる。目が見えなくなれば、こっちのものだ」

金雀は、自分の喉《のど》を手刀で切る仕草をする。

獄王も、うれしげに両手を叩《たた》く。

「いいね、金雀兄さん。あの男の腕を折って、骨をバラバラにしてやろう。頭を叩きつぶして、血反吐《ちへど》を吐かせてやる。これで、死んだ鉄火兄さんも喜んでくれるよ」

「そうだな」

二体の鬼は顔を見あわせ、ニヤリとした。

その時、病室の窓のむこうに一羽の烏《からす》が現れた。烏は窓ガラスの側《そば》で羽ばたき、病室のなかをのぞきこむ。

金雀が烏を見、獄王にうなずいてみせる。

獄王が窓をあけると、烏は飛びこんできて、ベッドの端にとまった。

「おかえり、黒《くろ》。何かあったか？」

金雀が尋ねると、烏《からす》は嘴《くちばし》をあけた。

——大変です、金雀さま。筒井家の〈鬼使い〉たちが動きだしました。

鬼の兄弟のあいだに緊張が走る。

「〈鬼使い〉どもが？　もう嗅《か》ぎつけたのか……」

「早いね、兄さん。どうしよう」

「落ち着け、獄王。……連中は何人だ？　今、どこにいる？」

金色の髪をかきあげ、金雀が烏を見つめた。

——〈鬼使い〉は、四人います。女が三人、男が一人で、みんな若いです。今、新潟についたところです。

「若い〈鬼使い〉というと……筒井卓也か」

金雀の頰《ほお》が青ざめる。

「えっ⁉　筒井卓也？」

獄王も蒼白《そうはく》になり、小柄な兄を見下ろした。

「兄さん、筒井卓也って、あれだよね。魔性の〈鬼使い〉」

「ああ……。筒井家の末っ子で、鬼を惑わす絶世の美貌《びぼう》の持ち主だとか」

「身体《からだ》から、おいしそうな甘い匂《にお》いがするんだよね。それで、その匂いを嗅《か》ぐと、もう何も考えられなくなって、操られちゃうんだよね」

小刻みに震えながら、獄王が言う。

「そうだ。鬼の公子、白銀《しろがね》さまでさえお心を迷わせた魔性の人間だ。しかも、白銀さまのお心を奪っておきながら、筒井卓也は眉《まゆ》一つ動かさなかったという。あれほどのかたに求愛されながら、応《こた》えようとはせず、あっさり見殺しにする……まさに血も涙もない人間だ。恐ろしい。……そうだ。鬼道界《きどうかい》の先王、羅刹王《らせつおう》陛下を殺したのも、あの人間じゃないか」

「ぼ……ぼく、操られちゃうのかな」

涙目になって、獄王が呟《つぶや》く。

「安心しろ、獄王。おまえが操られて、自分がわからなくなったら、俺が殺してやる」

「兄さんっ……！」

「獄王っ！」

鬼の兄弟は、がしっと抱きあった。

烏《からす》が、退屈そうに嘴《くちばし》を羽にこすりつけている。

若い看護婦は魂のぬけたような顔で、鬼の兄弟をながめていた。

「とにかく、筒井卓也をなんとかしよう。獄王、おまえ、嵐《あらし》を呼べ。佐渡に渡ってこれないようにするんだ」

「わかったよ、金雀兄さん」

獄王が、ニヤリとした。

＊　＊

晴れていた新潟の夜空はいつの間にか黒雲に覆われ、強い風が吹きはじめている。

「なんか、やな天気だね」

「うん。ちょっと変だよ」

五津美と六津美が空を見上げ、寒そうに身震いした。

すでに時刻は、午後七時をまわっている。

陽《ひ》が落ちると、寒さが募《つの》ってきた。気温は東京よりも四、五度低い。

「ただの雲じゃないね。鬼の妖気《ようき》を感じる」

不二子も長い黒髪をかきあげ、低く言った。さすがに赤いノースリーブのワンピースだけでは寒くなったのか、デニム素材のジャケットを羽織っている。足もとはガーターで吊《つ》ったストッキングに黒いブーツという格好である。

新潟市内のコンビニエンスストアの前だ。新潟市内でレンタルしたワゴン車が停《と》めてある。

移動中に車内で食べようと、食料を買ってきた卓也たちだった。

姉たちは手ぶらだが、卓也は大きなビニール袋を二つ持たされている。

「じゃあ、やっぱり、佐渡島の鬼が逃げだしたのか……？」

(親父《おやじ》、大丈夫かな)

「その可能性が高いね」

不二子は卓也の持っているビニール袋からオレンジジュースの缶をとりだし、プルタブをあけろと弟を小突《こづ》く。

卓也は黙ってビニール袋を後部座席に置き、プルタブをあけた。ここで逆らえば、面倒《めんどう》なことになるのは嫌というほど思い知らされている。

不二子は当然のようにジュースの缶を受け取り、飲みはじめた。

「どうするんだ、不二子姉ちゃん？　これから……」

「うん。運転しながら、いろいろ考えたんだけどね、藤丸を使おう」

「チビを？　何するんだよ？」

「いいから、お出し」

不二子が、ジュースの缶を片手に命令する。ここでぐずぐずしていると、ブーツの尖《とが》った踵《かかと》で蹴《け》られたり踏まれたりすることになりそうだ。

「わかったよ」

卓也は、意識を集中させた。

(チビ、出てこい)

そのとたん、パッと紫衣《しえ》の童子が姿を現す。

五津美と六津美が「可愛《かわい》いー!」と声をそろえた。

(姉ちゃんたち……こんな時に……)

心のなかで、卓也はため息をつく。

藤丸は卓也のジーンズの足につかまり、真っ黒な目で三人の〈鬼使い〉たちを見上げた。

不二子が妹に声をかける。

「五津美、あれを」

「はーい」

五津美が車の運転席から灰色のビニール袋に包まれたものをとりだし、不二子に手渡す。

(なんだ、あれ?)

不二子はビニール袋を開き、なかに手を入れた。

それから、藤丸の前にしゃがみこみ、ニッコリ笑う。

「チビ、いい子だから、親父《おやじ》を捜してきてくれないか」

藤丸は不二子を見上げ、小首をかしげる。肩まである漆黒《しっこく》の髪が揺れた。

「無理だよ、不二子姉ちゃん。式神《しきがみ》送っても見つからないんだろ……」

言いかけた卓也の前で、不二子がビニール袋から紺色の靴下をとりだした。男物だ。しかも、使用済みである。

(げっ……! あれ、親父《おやじ》のじゃん!)

一瞬、卓也が怯《ひる》んだ隙《すき》に、不二子はマニキュアをした指で靴下をつまみ、藤丸の鼻先に突きだした。

「さあ、これで臭《にお》いを追いなさい」

藤丸は無表情のまま、白い手を一閃《いっせん》させた。

バシュッ!

靴下は二つに切れて、アスファルトに落ちる。

「ダメか。いい案だと思ったんだけどね」

「犬じゃねえんだから。無理だって。もう……そんなもん、わざわざ持ってきて。何考えてんだよ……⁉」

卓也は腰に両手をあて、不二子を睨《にら》みつける。

「へえ、そう。お姉さまにむかって、そんな口をきくのかい、この子は?」

不二子は卓也の頰《ほお》をぐにーっとつかんで、引っ張った。引っ張られて痛いだけではなく、長い爪《つめ》が食いこむ。

「いでっ！　やめてくらさい！　……いひゃい！　ごめんらさい！　不二子姉ちゃん！　もう言いませんっ！」

ようやく自由になった卓也は、爪《つめ》の痕《あと》がついて赤くなった頬《ほお》をさすり、はあ……とため息をついた。

いくつになっても、姉には逆らえない。

(オレ、いつになったら、いじめられなくなるんだろう)

その時、携帯電話のメールをチェックしていた六津美が声をあげた。

「ねえねえ、叔父さんからメールだよ」

「何か新情報あった？」

不二子が、妹を振り返る。

「うん。お父さんはやっぱり、もう新潟市内にいないみたい。佐渡島に渡ったのはたしかだって」

卓也たちは、顔を見あわせた。

(佐渡島か……)

「ジェットフォイルの時間わかるかい？」

早口に、不二子が尋ねる。

佐渡に渡るには、二つの方法がある。カーフェリーを利用する方法と、ジェットフォイルを利用する方法だ。

ジェットフォイルは、米国の世界最大の旅客機メーカー、ボーイング社が開発した超高速旅客船だ。揺れが少なく、波に強いという特徴がある。

所用時間は、ジェットフォイルがおよそ一時間。カーフェリーだと二時間半ほどかかる。

「えっと……一時間に一本くらい出てるよ、不二子姉ちゃん。でも、最終便は四時だよ。もう終わっちゃってる」

手もとのガイドブックをパラパラとめくり、焦《あせ》ったように五津美が答える。

「四時⁉　そんな時間に終わっちゃうのかい？　フェリーのほうは？」

「最終便が七時四十分だよ。これなら、なんとか間に合うんじゃない？」

「よし。じゃあ、それでむこうに渡るよ。急いで乗りな」

不二子が卓也たちを急《せ》かしながら、ワゴン車に乗りこんだ。慌てて、卓也も助手席に座る。

四人の姉弟を乗せたワゴン車は、新潟港にむかって走りだした。車の屋根の上には、藤丸が無表情に立っている。

第二章　流人《るにん》の島

嵐《あらし》は、ますます激しくなる。

大荒れの天気のなか、予定時間を三十分ほど遅れて、フェリーは新潟《にいがた》港を出た。

乗客は、卓也《たくや》たち四人のほかはいない。

悪天候のため、出港中止になっていたのだが、不二子《ふじこ》がフェリーを運航する会社の上部に働きかけ、強引に船を出させたのだ。

五津美《いつみ》と六津美《むつみ》は船酔いでぐったりし、卓也も船に備え付けの毛布を肩までかぶり、誰もいない和室の船室に横になっていた。

藤丸《ふじまる》は不二子に捕まって抱《だ》き枕《まくら》にされそうになり、さっさと姿を消した。

波のうねりに身をまかせ、卓也はぼんやりと恋人のことを想《おも》っていた。

（薫《かおる》……）

観覧車のなかで、はしたなくじゃれあったのはほんの半日前のことなのに、もう何年もたってしまったような気がする。

（あいつ、今頃、何してるんだろう……）

あの美しい半陽鬼《はんようき》は藤丸を通じて「行かない」と伝えてきたが、後から気持ちを変えてはくれないだろうか。

どうして、聖司《せいじ》に言われたくらいで引きさがったりしたのだろう。

（筒井《つつい》家の問題っていうけどさ……オレたちの問題でもあるんだぞ。もし、ちゃんと認めてもらう前に親父《おやじ》が死んだりしたら……）

そこまで考えて、思わず卓也は身震いした。

薫が側《そば》にいてくれないと、よくないことばかり考えてしまう。

（オレはダメなんだ。あいつが側にいてくれねえと……）

毛布をギュッと抱きしめ、卓也は船室に備え付けの枕《まくら》に頬《ほお》を埋《うず》めた。

昼間、薫に愛された身体《からだ》には、まだ恋人の肌の匂《にお》いが残っているような気がする。

（薫……）

あの時、せめて、もう少し話をする時間があれば。

あまりにも慌ただしく出発してしまったのが、恨めしかった。

佐渡に来る途中も、常にまわりに姉たちがいて、薫に電話をかけることもできなかった。

（そうでなくても、普段から電話してもつかまんねぇし、携帯持たせても使わねぇし、メールやんねぇしっ……！　メールやってくんねぇと、こういう時、困るじゃねえか！　どうやったら連絡つくんだよ！　チビだって、そうそう飛ばしてらんねぇし）

鬱々《うつうつ》とした気分で、卓也はジーンズのポケットから携帯電話をとりだし、メールの受信ボタンを押した。

二件のメールが届いているというメッセージがあった。

（薫からか……？）

まさかと思いながら開いてみると、団長と白鳥《しらとり》からだった。

――事情はよくわかんないけど、がんばってね、卓也君。ぼくにできることがあったら言ってくれ。

これが白鳥だ。

――大変らしいが、がんばれー、筒井！　俺も応援しているぞー！　押忍《おす》！　次は観覧車以外のところで会おう！

これが団長だ。文章の後には、いちいち派手な顔文字がついている。

（……団長、顔文字はやめてほしいっす。似合わねえっす）

苦笑して、卓也は携帯電話をパカッと閉じた。毛布を肩まで引きあげ、目を閉じる。

＊　＊　＊

激しい嵐は、佐渡の大地にも襲いかかっている。

両津にある佐渡総合病院の上空には、ひときわ黒い雲がかかっていた。

病院の窓の明かりはついていたが、出入りする人の姿はほとんどない。

庭の茂みのあちこちに、青白い目が冷たく光っていた。

病院の瘴気に引きよせられてやってきた佐渡島の妖や小鬼どもだ。


嵐が始まってから数時間後、一台のワゴン車が病院の横を通り過ぎた。

ワゴン車には、ようやく佐渡にたどりついた卓也たちが乗っている。

四人は、病院の様子には気づかず、アーケードのある両津の商店街を走りぬけ、一路、金山のある相川にむかった。


時刻は、すでに午後十一時をまわっている。気温は、新潟市内よりもさらに低かった。

不二子は車の暖房をつけ、五津美と六津美は途中で買ってきた使い捨てカイロを握りしめていた。


（薫……）

窓ガラスに、激しい雨が打ちつけてくる。

卓也は、ぼんやりと窓の水滴を目で追っていた。

しばらく前の雨の夜を思い出す。

電気を消して、カーテンを開いたホテルの部屋だった。

卓也と薫は裸で身をよせあい、闇《やみ》のなかに広がる東京の夜景を見下ろしていた。

――卓也……。

卓也を背後から抱きしめながら、人間の愛の言葉をささやいた恋人の蠱惑的《こわくてき》な声。

あの瞬間の痺《しび》れるような幸福と、物狂おしいまでの胸の高鳴りを思い出す。

――ずっとこうやっていられねえのかな……。オレ……帰りたくねえ……。

ささやいた卓也の唇を封じた唇。

切なげに触れてきた指。

引き裂かれるような痛みさえ愛《いと》しくて、やがて、どこからどこまでが自分の身体《からだ》かさえもわからなくなり、歓喜のうちに意識を手放した、あの夜。

身体のなかにも、外にも常に薫の肌の温《ぬく》もりがあった。

(寒いな……)

ここに薫がいて、抱きしめてくれていればいいのに。

卓也は、そっとため息をもらした。

「不二子姉ちゃん、あとどのくらいで相川?」

後ろの席から、六津美が尋ねてくる。

「たぶん一時間くらいだね」

ステアリングを握ったまま、不二子が答える。

卓也は、姉の横顔を見た。

「えー? ……ってことはさあ、真夜中じゃん、つくの。夜の鉱山に降りるのか?」

思わず、卓也は身震いした。

「怖いのかい、この子は?」

不二子は、ふんと鼻で笑った。

「こっ……怖くなんかねぇよ! ぜんぜん平気じゃん!」

「ホントかなあ?」

「ホントだってば! なんだよ! オレだって〈鬼使い〉なんだぞ!」

「そうだね。頼りにしてるよ、末っ子」

不二子はチラと卓也を見、アクセルを踏みこんだ。

ワゴン車は、さらにスピードをあげて片道一車線の狭い道を疾走しはじめる。

「うわっ! やめろよ! 事故る! 事故っちまうよ! 安全運転でお願いします!」

卓也は、悲鳴をあげた。しかし、不二子はスピードをゆるめない。

ワゴン車は暴風雨のなか、商店街を後にし、水田と里山に囲まれた暗い田園地帯に入ってゆく。

＊　＊

佐渡金山の始まりは、一六〇一年（慶長六年）に遡《さかのぼ》る。佐渡で砂金が採れることは平安時代の末頃から知られていたが、本格的な採掘が始まったのは江戸時代のことである。蟻《あり》の巣のように地底に広がる坑道の総延長は、およそ四百キロメートル。東京から佐渡までの距離とほぼ同じである。

佐渡金山の鉱脈は、主要なもので九鉱脈あり、最も大きい鉱脈は青盤脈《あおばんみゃく》と呼ばれていた。

金の鉱脈は佐渡島を東西にのび、多くは海水面下までつづいている。

金山のある相川の町は、江戸時代に幕府の佐渡奉行所が置かれていた土地だ。

そこには、当時、十万の人口が集まった。江戸時代の基準では、大都市である。

金山には、無宿人と呼ばれる戸籍を持たない人々も集められていた。

彼らは、自分の意思で佐渡に来たのではなく、唐丸籠《とうまるかご》に閉じこめられ、奴隷のように連れてこられたのだ。

無宿人の多くは親兄弟によって、犯罪行為の連帯責任がおよぶのを避けるため、戸籍から外され、無宿とされた不良少年だった。

食えなくなった無宿人たちは農村を出て、江戸に集まった。

そして、幕府に捕らえられ、金山の水替《みずが》え人足《にんそく》として佐渡に送られたのだ。

深い地底での過酷な労働のため、水替え人足たちは数年で死んでいった。

その数は、江戸時代の後半の百三十年で二千人ともいわれる。

＊　＊

深夜の嵐《あらし》は、ますます激しさを増していた。

曲がりくねった山道は、一車線。道の片側には、濁流の流れる川がある。川幅は狭いが、かなりの急流だ。

ヘッドライトの明かりだけが、濡《ぬ》れた路面を照らしだしている。

昼間であれば、三角形の山の頂上から真っ二つに割れ、巨大な岩肌を露出した「道遊《どうゆう》の割戸《われと》」と呼ばれる佐渡金山の象徴的な景観が見えるはずだが、今はぼんやりした暗い影しか見えない。

ワゴン車は無宿人の墓の側《そば》を通り過ぎ、平成元年の廃鉱で閉鎖された鉱山会社の建物の横を走りぬけた。

やがて、卓也たちは、広い駐車場と江戸時代のような木の塀と瓦《かわら》屋根の門がある佐渡金山の観光施設にたどりついた。

開館時間はとうに過ぎているため、あたりには人っ子一人いない。

昼間はコンピューターで制御された約七十体の人形が休むことなく動きつづけ、スピーカーから効果音や叫び声が流れてくる観光用の坑道も、今は死んだように静まりかえっていた。

＊　　＊

かなり低い位置まで降りてきたせいか、壁や天井から水が染《し》みだし、ポタリポタリと滴《したた》ってくる。

「いないよ」

ポツリと五津美が呟《つぶや》く。

「いないねえ」

六津美も賛同する。

公開されていない古い坑道の奥である。

かつて、ここは最上の坑道であった宗太夫坑《そうだゆうこう》に次ぐ良質の坑道として知られ、六白坑《ろっぱくこう》と呼ばれていた。

地底に眠る鬼が目覚めるまでは。

岩を削って造られた坑道は、大人が立って歩くのがやっと。ところどころ、地盤が軟弱な場所は壁の左右に丸太を積みあげ、補強してある。

岩壁には、時おり、鉱脈を探すために試し掘りした狸穴《たぬきあな》と呼ばれる狭い穴もあいていた。狸穴は、這《は》って入るのが精一杯だ。

四人の持つ懐中電灯の明かりが、八畳ほどの石室を照らしだしている。

天井は高く、ずっと上のほうに丸太で足場が作られていた。遠い昔に使われていたものだろう。

岩壁には、白っぽい筋がいくつも入っている。白い筋のなかには、黒っぽい縞《しま》模様も交じっている。黒い縞模様の部分が、銀黒と呼ばれる金の鉱脈である。

石室の奥には、小さな石の祠《ほこら》があった。

しかし、赤い木の鳥居《とりい》は折れ、注連縄《しめなわ》がひきちぎられている。

祠のまわりは、下から何かが這いだしてきたように岩盤が割れ、土が盛りあがっている。

あたりには、濃い妖気《ようき》が漂っていた。

卓也は、ゴクリと唾《つば》を呑《の》みこんだ。

(マジでいねぇよ)

彼にも、この場に鬼がいないことがわかる。

今、漂っている妖気《ようき》は、鬼が地底から這《は》いだした瞬間、地面の割れ目から噴きだしたものだろう。

「まさか……親父《おやじ》、ここで鬼と戦って負けたとか……」

「そんなわけないいだろ、卓也」

不二子が、ピシャリと言った。

懐中電灯の明かりが揺れる。

「でも、鬼、逃げだしちまったみてぇじゃねえか」

(やべえよ)

卓也は、身震いした。

「たぶん、親父はここに来なかったんだよ。来てたら、鬼が目覚めるわけがない」

「じゃあ、どこにいるんだよ？」

(生きてるのか？)

弱気な考えが胸を過《よぎ》り、卓也は唇を噛《か》みしめた。

地底にいるせいだろうか。ひどく不安な気持ちになる。

その時だった。五津美と六津美が、同時に小さな悲鳴のような声をあげる。

「出たっ！」

「出たよ、不二子姉ちゃん！」

場所が場所なだけに、卓也もドキッとして姉たちのほうを見た。

「なんだよ、出たって……？」

言いかけた時、大気が妖《あや》しく揺らめいた。

壁の岩盤のあいだから、青白い手が出てきて、ゆらゆらとこちらを招く。

（うわっ……！）

卓也は小さく息を呑《の》み、後ずさった。

「無宿人の怨霊《おんりょう》だね」

不二子が呟《つぶや》く。

「無宿人の怨霊⁉」

（うわー。出ると思ったんだ）

思わず、卓也は顔をしかめた。

怨霊が怖いわけではないが、怨霊退治はゲンが悪い。

まだ〈鬼使い〉として一人前あつかいされず、筒井家の落ちこぼれだった頃、ビルに憑《つ》いた悪霊の浄化に行って、ビルを全壊させてしまったことがある。

あれは、薫と出会う少し前の出来事だ。

（怨霊《おんりょう》と悪霊じゃ、ちょっと違うかもしんねーけどさ。縁起悪《わ》りぃ……）

「何ビビってんの、この子は。しょうがないね。さっさと片づけて脱出するよ」

不二子が呪符《じゅふ》をとりだし、身構えた。

卓也も慌てて、ジーンズの尻《しり》ポケットを探《さぐ》った。そこには、黒鞘《くろさや》の女物の懐剣《かいけん》が入っている。懐剣の鞘には、金の蒔絵《まきえ》で藤《ふじ》の花の文様《もんよう》が描かれていた。

〈藤波《ふじなみ》〉と呼ばれる、卓也の呪具だ。

「来たよ！」

五津美が叫ぶ。

岩と岩の隙間《すきま》から、いくつもの白っぽい影が滑りだしてくる。

影は、半透明の人の姿をとった。

みな、薄汚れた紺色の着物を着て、縄の帯を締め、同じような色の布で頭をすっぽりと包んでいた。手には鏨《たがね》や槌《つち》を持っている。

――よそ者……殺せ……。

――殺せ……。

怨霊たちは、いっせいに襲いかかってきた。

卓也は、素早く〈藤波〉を鞘から引きぬき、怨霊たちにむけた。

「守護獣《しゅごじゅう》招喚《しょうかん》、急々如律令《きゅうきゅうにょりつりょう》！」

懐剣《かいけん》から、真っ白な炎が噴きだした。

炎のなかから、三つの顔を持つ猛禽《もうきん》が姿を現す。右の顔は猪《いのしし》、左の顔は獅子《しし》、正面の顔は人間である。

あらゆる鳥類の王者で、一日に一頭の竜王と、五百匹の小竜を食べるという伝説の魔鳥、カルラ鳥だ。

ギシャアアアアアアアーッ！

魔鳥は、鋭い鉤爪《かぎづめ》で怨霊《おんりょう》たちを蹴散《けち》らした。白い炎がパッと飛び散る。

「やるじゃん、卓也」

不二子が言いかける。

その時だった。

卓也は何かの気配に、ハッとして左手のほうを見上げた。

丸太を組んだ足場の上に、四つの目が光っていた。一対《いっつい》の目は低い位置にあり、もう一対の目は高い位置にある。

（怨霊じゃねえ。……鬼!?）

「あそこ！　鬼だ！」

卓也が叫ぶと、姉たちはいっせいに足場の上を見上げ、緊張した表情になった。

「ホントだ！　鬼だよ！」

「たっくん、すごいじゃん！　なんで、あたしたちより先に気づくわけ⁉」

「二匹いるよ！　ここに封印されてたやつ、二匹だったの⁉」

五津美と六津美が叫ぶ。

鬼たちが、ククククッと笑う声が聞こえてきた。

「見つかっちゃったよ、獄王《ごくおう》」

「そうみたいだね、金雀《きんじゃく》兄さん」

鬼の兄弟である。

金雀は眼鏡をかけ、スーツの上にところどころ破れた白衣を羽織っている。

獄王のほうは、だぶだぶのズボンをはき、やはりきつめの白衣を無理やり着ていた。

(出やがったな)

卓也は金雀と獄王を見上げ、身構えた。

獄王が卓也たちを見下ろし、ホッとしたように呟《つぶや》く。

「筒井卓也はいないみたいだよ、兄さん。よかったね」

「そうだな、獄王」

金雀も、満足げに答える。

(はあ？　オレはここだぞ。なんなんだよ、あいつらは？)

卓也は、チラと不二子のほうを見た。

不二子も、「変な奴ら」と言いたげに肩をすくめてみせる。

実は、卓也たちは知らないことだったが、鬼の兄弟は筒井卓也を恐れるあまり、頭のなかで怪物のような存在にしてしまっていたのだ。

現実の卓也が想像していたものとあまりに違うので、それがあの「魔性の〈鬼使い〉」だとは思わなかったのだろう。

金雀がふんふんとあたりの空気を嗅《か》いで、眉根《まゆね》をよせた。

「なんだろう。この嫌な臭《にお》いは」

漂っているのが、不二子の香水だとはわからないようだ。

香水にかき消されて、卓也の甘い香りは鬼たちには感じられない。

「臭いね、兄さん」

「うん。臭いな、獄王」

鬼の兄弟は、顔をしかめた。

「なんだ、おまえたちは⁉」

卓也は懐剣《かいけん》を握りしめ、身構えた。

金雀が明かりのほうに顔を出す。金色の髪と赤い角が見えた。

「〈鬼使い〉の統領を捜しに来たのか?」

からかうような口調で、金雀が言う。

（こいつら……⁉）

卓也たちのあいだに、緊張が走った。

不二子が、すっと呪符《じゅふ》をとりだした。五津美と六津美も、油断なく二体の鬼を見上げている。

「そうだと言ったら？」

卓也の言葉に、金雀は笑った。

「残念だな。あの男は、こんなところにはいないぞ」

「統領の居所を知ってるっていうのか？　嘘《うそ》をつくな」

「嘘はついてないさ、〈鬼使い〉」

金雀は、ニヤリとした。

その頭の上から、獄王が顔を出す。

「筒井野武彦《のぶひこ》はな、ぼくたちが病院に閉じこめたんだ。おまえらには絶対に助けられないぞ」

大きな身体《からだ》と凶悪そうな顔で、獄王は子供のようなことを言う。

「閉じこめた……⁉　病院⁉　親父《おやじ》に何をした⁉」

「俺たちは何もしていないぞ。たまたま、虫垂炎《ちゅうすいえん》とやらで運びこまれてきたから、病院のまわりに結界を張って閉じこめたまでだ」

(虫垂炎《ちゅうすいえん》⁉　盲腸《もうちょう》だってのかよ⁉)

卓也は、目を見開いた。

姉たちも驚いたような顔になっている。

「どこの病院⁉」

不二子が鋭い口調で尋ねる。

「両津総合病院だ」

獄王が答えたとたん、金雀が弟の足を蹴《け》った。

「バカ、獄王。黙れ」

獄王は慌てて口をつぐむ。

「へーえ。両津総合病院か。両津にいるわけね」

不二子がニヤリとした。

「そんなことは言っていないぞ。今のは間違いだ。まあ、どっちにしても、おまえたちは行きつくことはできない。……獄王」

金雀が、冷ややかな声で言う。

「了解だよ、兄さん」

獄王が指をパチンと鳴らし、不気味に笑う。

ゴゴゴゴゴゴゴゴッ……！

地底の奥深くから、不気味な地鳴りと震動が伝わってきた。

「地震⁉」

「やばいよ！　揺れてる！」

五津美と六津美が声をあげる。

「落ち着きな！　慌てるんじゃないよ。こんなことくらいで……」

不二子が言ったとたん、さらに揺れが激しくなった。

「うわっ！」

（やべぇ感じじゃん……）

卓也は、足もとが船に乗っているように上下するのを感じた。

姉たちも、不安げにあたりを見まわしている。

金雀と獄王は、ニヤニヤしている。

（あいつら……！）

卓也は、鬼の兄弟にむかって〈藤波《ふじなみ》〉をむけた。

もう一度、カルラ鳥で攻撃しようと、意識を集中させる。

しかし、それよりも早く、天井からパラパラと砂のようなものが落ちてきた。

（え……⁉）

卓也のなかで危険信号が鳴った。

「危ねえ！　逃げろ！」

叫ぶと同時に、卓也は横飛びに飛《と》び退《の》いた。

不二子たちもそれにつづく。

数秒遅れて、轟音《ごうおん》とともに坑道の天井が崩れてきた。

　ドドドドドドドドドドドドドーンッ！

「うわあああああああーっ！」

「きゃあああああああーっ！」

悲鳴をあげる四人の上に、容赦なく土砂と岩の塊が降り注いでゆく。

＊　　＊

坑道は、完全に崩れた。

獄王と金雀は、土砂に埋まった洞窟《どうくつ》を見下ろしていた。

頭上には、暗い夜空が広がっている。

六白坑《ろっぱくこう》の出入り口だ。

落盤を起こすと同時に、鬼にしか通れない気脈に乗り、脱出してきた金雀と獄王だった。

「やったね、兄さん」

「ああ、やったな。これで邪魔者は消えた」

満足げに言うと、金雀は弟の大きな背中をドンと叩《たた》いた。

「さあ、帰ろう、獄王」

「帰ろう、帰ろう！　筒井野武彦をやっつけてやるぞ！」

獄王もゲラゲラ笑いながら、兄と一緒に走りだした。

*　　*

坑道が崩れてから数時間後の明け方だった。

両津総合病院の個室で、筒井野武彦は悪夢にうなされていた。

昨夜も痛みで眠れなかったためか、とろとろと数分眠っては目を覚ますという繰り返しだ。

そんな浅い眠りのなかにも、悪夢は忍びよってくる。

夢のなかで、野武彦は幼い息子と一緒にキャンプをしていた。

極上の夏の一日。

めずらしく、父と子は二人きりだった。

いつもなら、任務の電話が入ると、たとえ休日で子供たちと遊んでいても、飛びだしていかなければならない野武彦だった。

けれども、その日ばかりは、野武彦は卓也と一緒に過ごすため、朝から携帯電話の電源を切っていた。

焚《た》き火《び》の前に座り、小さな卓也はいつもより、はしゃいでいた。

大好きな父を独占できて、本当にうれしかったのだろう。

そのあどけない瞳《ひとみ》に、炎が映っている。

「お父さん」

野武彦お手製の苺《いちご》ジュースを飲んだ後、機嫌《きげん》よく座っていた小さな卓也が、ふいに父親にむかって左手をさしだした。

その指先には、どこからか忍びよった小鬼が囓《かじ》りついていた。

小鬼は、卓也の甘い香りに惹《ひ》きつけられたらしい。

だが、もうそんなことにも慣れっこになっていた幼い子供は、泣きもせず、パッチリしたアーモンド形の目で父を見上げている。

「とって」

その姿に野武彦は微笑《ほほえ》み、息子の指に囓《かじ》りついた小鬼をつまみあげた。

小鬼は〈鬼使い〉の統領の手から逃れようと、キーキー鳴きながら必死に暴れている。

野武彦は、ジタバタする小鬼を爪《つめ》の先でピンと弾《はじ》いた。

小鬼は弧《こ》を描いて茂みのむこうに跳び、どこかに落ちて見えなくなった。

卓也がようやく、ほうっと息を吐いた。

子供なりに精一杯、我慢していたのだろう。その様子が愛《いと》しくて、野武彦は我が子を抱きあげ、小さな頭を撫《な》でまわした。

「卓也は偉いなあ。鬼に囓られても泣かないなんて、さすが父さんの子だ。偉いぞ」

その言葉に、幼い息子は声をあげて笑いだした。

細い両腕で野武彦の首にしがみつき、やわらかな頰《ほお》をすりつけてくる。

「お父さん、大好き。ずっとずっと側《そば》にいてね」

「ああ、もちろんだとも、卓也」

言いかけて、野武彦はふと違和感を覚えた。

頰に触れる息子の頰が、氷のように冷たい。

これは、人間の肌ではない。

慌てて見下ろすと、我が子の姿が藤丸に変わっている。

(何⁉)

野武彦の背筋に、ざわっと悪寒《おかん》が走った。

紫衣《しえ》の童子は美しい顔で野武彦を見上げ、大人のように微笑してみせる。

「なんだ、おまえは⁉　卓也はどうした⁉」

野武彦の問いに、童子がすっと手をあげ、右手のほうを指さした。

(卓也)

慌てて、そちらに目をやった野武彦は、そこに十九歳の卓也が立っているのに気がついた。

「お父さん、ごめんなさい」

寂しげな表情で、卓也が言う。

野武彦は藤丸を放《ほう》りだし、息子に駆けよった。

「なぜ謝る⁉」

「だって、オレ……女の子になっちゃったから」

卓也は、恥ずかしげに自分の胸を抱えてみせる。いつの間にか、その綿シャツの胸は少女のように盛り上がっていた。

野武彦は顔をしかめ、卓也を睨《にら》みつけた。

「卓也、冗談もたいがいにしなさい！」

「冗談じゃないです。オレ、薫のお嫁さんになって、子供産むんだ」

卓也は、踵《きびす》をかえして走りだした。

そのむこうには、紫のスーツの半陽鬼《はんようき》が両手を広げて立っている。

「やめろ！　行くな、卓也！　卓也あああああーっ！」

夢のなかで、野武彦は絶叫した。

＊　　＊

「卓也ーっ！　行くなあああああーっ！」

叫び声をあげて、野武彦は目を覚ました。

病院のベッドの上にいる。

紺地に白の模様のある浴衣《ゆかた》を着せられ、いつもつけている米軍の認識票のレプリカや腕時計も外されていた。男性的な顔には、無精髭《ぶしょうひげ》が生えていた。

とろとろと眠っていたあいだ、ほんの少し遠ざかっていた激痛がまた甦《よみがえ》ってくる。

「ぐ……っ……」

救急車で運びこまれてから、炎症を抑える抗生物質を点滴されていたが、高熱と腹痛と吐き気はなかなか治まらない。

（やっぱり盲腸《もうちょう》なのか。手術は困る……。薬で治まるといいんだが）

熱と痛みに朦朧《もうろう》とした頭で、野武彦は病室の天井を見上げた。

最初は、軽い胃痛だったのだ。

だが、佐渡についたあたりから、しだいに胸がむかつき、痛みが腹の右側に移動してきた。

野武彦は虫垂炎《ちゅうすいえん》を疑いながらも、単なる風邪か食中毒だと自分に言い聞かせ、宿に転がりこんだのだ。

一晩寝れば、治るかもしれない。

鬼の封印を確認する作業は、翌朝にすればいい。

けれども、かすかな期待は裏切られ、〈鬼使い〉の統領は痛みと熱で一睡もできずに朝を迎えた。

宿の女将《おかみ》が用意してくれたお粥《かゆ》も、口に入らなかった。

水を飲み、よろめくようにして相川の金山行きのバス停にむかった野武彦は、途中で動けなくなり、うずくまっているところを通行人に発見された。

そして、半ば強引に救急車で病院に運びこまれた。

野武彦を診察台に乗せた医者は、消毒薬の臭《にお》いをぷんぷんさせていた。

——筒井さん、ここ痛くないですか？

虫垂炎の疑いがあると言われて右腹を押され、激痛に目が飛び出そうになった野武彦だったが、顔には出さなかった。

痛いと言えば、そのまま手術されてしまうとわかっていたのだ。

鬼を支配し、あまたの強敵と恐れげもなく戦ってきた〈鬼使い〉の統領だったが、病院は苦手だった。苦手というより、怖かった。

手術や注射という単語を聞くと、全身がすくみ、泣きだしたいような気分になってくる。

もちろん、歯医者も嫌いだった。

だから、野武彦は平然とした顔で答えたのだ。

――痛くないですよ。

医者は、首をひねった。

――本当に痛くないんですか？　ここですよ。痛いはずなんですがねえ。

さらに強く押され、野武彦は「うっ」とうめいた。

――痛いでしょう？

医者の目が、うれしげに光る。

その姿は、野武彦には邪悪な魔物のように見えた。

――いえ……私、くすぐったがりでして……。触られるの、弱いんです……。

やっとのことでそう言うと、野武彦は虚《うつ》ろな笑顔を浮かべた。

医者は野武彦の顔をじっと見、考えこんだ。

――変ですねえ。画像や血液のデータでは、炎症所見が明らかなんですが……。まあ、とりあえず抗生剤の点滴しながら二、三日入院して様子を見ましょう。

――はい……。

なんとか手術されずにすみそうで、ホッとしたのが昨日のことだった。

（腕が……痛い……）

高熱のせいだろうか。両腕が痺《しび》れたように痛かった。

何げなく腕を動かそうとした野武彦は、ハッと目を見開いた。

腕が本当に動かない。

いつの間にか、両腕はベッドの両側の柵《さく》に抑制ベルトで固定されている。

（な……に……⁉）

瞬時に、野武彦の頭がクリアーになった。

危険信号が体内を駆けめぐり、アドレナリンが出はじめている。

病室の隅で、かすかに人の気配が動いた。

（誰かいる……！）

素早く、そちらに目をむけた野武彦は両手をぐっと握りしめていた。

白衣の若い看護婦が立っている。

しかし、その顔は土気色《つちけいろ》で、目だけが異様にギラギラ光っていた。

あきらかに正気ではない。

（鬼に操られている……⁉　なぜだ⁉）

必死に抑制ベルトを外そうとする野武彦にむかって、看護婦が近づいてきた。その手のなかには、注射器が逆手に握られている。

「やめろ！」

（まずい……！）

普段の野武彦ならば、抑制ベルトをされていたとしても、一喝《いっかつ》で女を正気に戻すことができたはずだった。

だが、今の彼は高熱と腹痛と吐き気で衰弱していた。

霊力を集中させるどころではない。

看護婦は野武彦の髪をつかみ、頭を枕《まくら》に固定すると、彼の顔の上で注射器をふりあげた。

目をつぶすつもりだろうか。

「やめろーっ！」

叫んだとたん、腹部に激しい痛みが走り、野武彦は息を呑《の》んで、身を強《こわ》ばらせた。

痛みのあまり、息ができない。

目の前に、無数の白い点が飛びはじめる。貧血をおこしかけているのだ。

(いかん。このままでは……)

注射器を握った看護婦の手が勢いよくふりおろされてくる。

「…………!」

一瞬、野武彦の脳裏に愛妻、優美子《ゆみこ》と七人の子供たちの顔が浮かんだ。

(もう……帰れないのか)

だが、そう思った瞬間だった。

横から出てきた人影が、看護婦の首の後ろを手刀で打つ。

看護婦は小さくうめき、ベッドの側《そば》の床に倒れこんで意識を失った。般若《はんにゃ》のようだった顔が、普通の人間のそれに戻る。

床に落ちた注射器が、乾いた音をたてた。

(む……)

霞《かす》む目を見開き、野武彦は救い主の顔を捜した。

紫のスーツが目に飛びこんできた。

ひどく嫌な予感がする。

(紫の……スーツだと?)

「大丈夫ですか?」

ボソリと尋ねる声は、篠宮薫《しのみや》のものだった。

野武彦は、一瞬、激しい目眩《めまい》を感じた。

目の前の光景が信じられない。信じたくない。

(なぜだ……)

よりによって、ベッドに縛りつけられ、看護婦に襲われかけているところを篠宮薫に助けられるとは。

命が助かったのはありがたいが、相手が悪すぎた。

(これは夢だ……。悪い夢だ)

現実逃避しかけて、野武彦は頭をふった。今は、そんなことをしている場合ではない。

懸命に心を鎮《しず》め、鬼の血をひく少年の美しい顔を見あげる。

「どうして……君がここにいる……⁉　七曜会《しちようかい》の命令か……⁉」

自分が封印された鬼の管理に失敗し、事件に巻きこまれたことがバレたら、立場上、いろいろと問題になる。

(隠しとおすことはできないとは思ったが)

野武彦は、複雑な想《おも》いで半陽鬼《はんようき》の答えを待った。

「七曜会はまだ知りません」

礼儀正しい口調で、薫が答える。普段の彼ならば、面倒《めんどう》な会話などせず、てっとり早く病人を気絶させて外に運んだろう。

　しかし、今回は恋人の父であり、〈鬼使い〉の統領である男が相手なので、薫なりに気を遣っているらしい。

「七曜会は知らないのか……。では、どうして、ここに来た？　君の独断か？」

　言ってから、野武彦は顔をしかめた。

（まさか……な）

「卓也が頼んだか？」

「俺の独断です」

　手際《てぎわ》よく野武彦の抑制ベルトを外しながら、薫が言う。

　野武彦は、まじまじと薫を見上げた。

（独断だと？）

「何が狙《ねら》いだ？」

　思わず、尋ねると、薫は少し困ったような表情になった。

　その一瞬だけ、美貌《びぼう》の半陽鬼《はんようき》は十八歳という年齢相応に見えた。

「時間がありません。質問は後で」

　それだけ言うと、薫は室内を見まわした。

　病室の壁際に置いてある車椅子《くるまいす》に気づいたのか、優美な足どりで近づき、ベッドの側《そば》まで押してくる。

「起きられますか？」

静かに尋ねられ、野武彦は一瞬、黙りこんだ。

正直に言えば、起きるどころではない。寝ていてさえ苦しいのだ。車椅子《くるまいす》に座る自信さえなかった。

だが、この半陽鬼《はんようき》の前で弱みは見せられない。

「大丈夫だ」

肩で息をしながら、野武彦はきっぱりと言った。

「では、車椅子に。……その前に、一つお願いがあります」

折り目正しい口調で、美貌《びぼう》の半陽鬼は言う。

(卓也はやらんぞ)

野武彦は無言で、薫をじっと見た。

それを了解ととったのか、薫は口を開いた。

「この病院には、霊力の強い者の侵入を拒《こば》む結界が張られています。だから、俺は霊力を封印して入ってきました。自力では解けません」

「君の霊力の封印を解けと……？　わかった」

野武彦はうめき声を噛《か》み殺《ころ》しながらベッドに起き上がり、薫のほうに手をのばそうとした。

しかし、痛みのあまり、意識を集中させるどころではない。

「ぐ……っ……」

冷や汗が滲《にじ》みでてくる。

（いかん。こんなところで……）

野武彦は腹を押さえ、顔をしかめた。

「すまん。……集中力が……」

薫は、岩のような無表情になった。

だが、内心では「しまった」と思っているらしい。

野武彦に、霊力の封印を解いてもらうのをあてにしていたのだろう。

その頼みの〈鬼使い〉の統領が、霊力どころではない状態になっているとは思わなかったようだ。

「では、また後でお願いします。車椅子《くるまいす》にどうぞ」

冷静な声で言うと、薫は少しためらい、野武彦の肩に腕をまわそうとした。

けれども、野武彦はそれを断り、歯を食いしばって自力でベッドから下りた。

崩れこむように車椅子に座り、肘掛《ひじか》けをつかむ。

薫は野武彦の点滴をスタンドから外し、車椅子の点滴スタンドにつけ替えた。

「行きます」

半陽鬼《はんようき》の声に、野武彦はやっとのことで、うなずいた。

(どうして、こんなことに……)

＊　　　＊

野武彦を乗せた車椅子《くるまいす》は、真夜中の廊下を疾走してゆく。

その行く手に、看護婦たちとパジャマ姿の患者たちが現れた。

みな、目が吊《つ》り上《あ》がり、異様な形相になっている。なかには、歌舞伎《かぶき》役者の隈取《くまど》りのように、血管が青黒く浮きあがっている者もいた。

「い……たぞ……」

「逃がす……な」

抑揚のない声で言うと、看護婦と患者たちが野武彦と薫に襲いかかってくる。

薫は車椅子を止め、野武彦の前に出て身構えた。

「殺すなよ、薫君。みんな、鬼の妖気《ようき》で正気を失っているだけだ」

野武彦が低く言う。

「はい」

静かな声で、半陽鬼《はんようき》は答える。

霊力さえ使えれば、この程度の敵は恐れるに足りないはずだった。

しかし、体術だけで、手加減しながら、この人数を相手にするのは少々、骨が折れる。

「きえええええええええーっ！」

奇声を発して、パジャマ姿の老人が薫に突進してきた。痩《や》せて顔色が悪く、どう見ても重病人である。

「薫君！　骨折させないようにな！」

腹を押さえたまま、野武彦が叫ぶ。

薫は、無言で敵を迎え撃つ。

老人の最初の一撃を体術で受け流すと、相手の皺《しわ》だらけの首をつかまえ、その顔の前ですっと手を動かす。

老人は意識を失い、くずおれそうになった。

だが、痩せた身体《からだ》が床に激突する寸前、薫の手が老人をかばい、そっと床の隅に横たわらせた。

その隙《すき》に、二人の看護婦が薫の左右から襲いかかってくる。両方とも、顔に青黒い隈取《くまど》りができている。

薫はひらりとかわし、女たちの額にそれぞれ指先で軽く触れる。

そのとたん、看護婦たちの青黒い隈取《くまど》りが消えた。意識をなくした身体《からだ》は、その場に倒れこんでゆく。

「よし……！」

野武彦は、ホッと息を吐いた。

もしかしたら、薫が指示に従わないで、老人や女性を乱暴に殴ったり蹴《け》ったりするのではないかと不安になっていたのだ。

その時、左手のほうから点滴スタンドをふりかざした中年男が襲いかかってきた。

野武彦より身長は十センチほど低く、体重は倍ほどありそうだ。

（まずい！）

とっさに、野武彦は車椅子《くるまいす》を自力で動かし、横に避《よ》けた。

腹にズンと痛みが走る。

「くっ……」

点滴スタンドがふりおろされてくる。

だが、それより早く、薫の白い指が男の太い手首を捉《とら》え、軽くひねった。

「うわあっ！」

男の手から離れた点滴スタンドが、野武彦の膝《ひざ》に倒れかかってくる。

野武彦は点滴スタンドを受け止め、激痛をこらえて、横に薙《な》ぎ払《はら》った。

中年男は足をすくわれ、床にひっくりかえった。

薫が、倒れた男の額にすっと指先で触れる。男は、一瞬で意識を失った。

「きりがないな……」

点滴スタンドを横にして膝《ひざ》に乗せ、野武彦は左手で腹を押さえていた。

薫が車椅子《くるまいす》をつかんだ。

「突破します」

その言葉と同時に、車椅子が走りだす。

＊　　＊

廊下をバタバタと走る足音や怒号が響きわたる。

両津総合病院のなかは、鬼に操られた患者と医療関係者で大変な騒ぎになっていた。

「どこへ行った⁉」

「捜せ！」

寝たきりの老人までもがベッドから這《は》い降《お》り、必死に野武彦たちを捜そうとしている。

薫と野武彦は二階の手術室に鍵《かぎ》をかけ、立てこもっていた。

「奴らがここを見つけるのも、時間の問題だな」

車椅子《くるまいす》に座ったまま、野武彦が呟《つぶや》く。

まだ熱はあり、顔色は悪かったが、点滴がきいてきたのか、だいぶ痛みは落ち着いている。

だが、昨日からろくに食べ物を口にしていないため、身体《からだ》に力が入らなかった。

「苦しいですか？」

低い声で、半陽鬼《はんようき》が尋ねてくる。

「いいや。ぜんぜん」

虚勢をはって、野武彦は答える。

薫は、何か言いたげな目になった。しかし、何も言わない。

野武彦は、深いため息をついた。

「話が途中だったな……。うちの家族の動きはわかるか？」

「四人が、新潟から佐渡に入ったようです」

「四人……。誰と誰だ？」

野武彦の問いに、薫は少し困ったような表情になった。それだけで、野武彦はピンときた。

「……卓也もいるのか？　残りがうちの娘たちか？」

「はい」

ポツリと薫は答える。

「そうか……。無茶をしないといいが……」

口のなかで呟《つぶや》いた野武彦は、熱っぽい額に片手をあてた。

薫が野武彦の側《そば》をふいと離れ、どこからともなく、水で濡《ぬ》らしたタオルを持ってきて、無言で〈鬼使い〉の統領の頭にのせる。

野武彦はタオルに手をやり、かすかに笑った。

「すまんな、薫君」

(思っていたより、いい子だ)

卓也のことがなければ、今後とも面倒《めんどう》をみてやりたいような気がした。

警戒心の強い野生の獣《けもの》のような薫は、どことなく藤丸に似ていた。

顔が似ているのは、藤丸が薫の幼少時の姿を模《も》しているから当たり前だが、雰囲気や表情もそっくりだ。

(これは、うちの優美子や娘どもが騒ぐわけだ……)

野武彦は、心のなかで深いため息をついていた。

いまだに、篠宮薫との距離のとりかたを測りかねている。

危ういところを助けられたのは事実だが、だからといって、卓也との交際を許すつもりもない。

(それとこれとは話が別だ)

「さっきの話のつづきだ。君がここに来た理由はなんだ……?」

「………」

薫は、ふっと漆黒《しっこく》の瞳をそらした。

「どうして、こんなことをする? ……いや、いい。答えなくていい。俺も聞きたくない」

野武彦は濡《ぬ》れタオルで顔を拭《ふ》き、深いため息をついた。

熱くて身体《からだ》がだるく、食欲もない。

(まったく……最低だな。俺としたことが)

「ひどい気分だな……」

呟《つぶや》いた野武彦をじっと見、薫が手術台のほうに視線を走らせた。

「抗生物質では限界があります。早めに切ったほうがいい」

熱で上気していた野武彦の頬《ほお》が、さっと青ざめる。

(冗談ではない……!)

「君に切らせるくらいなら、自分で手術したほうがマシだ……! やり方は知らんがな」

「人間の身体の構造は知っています」

無表情になって、薫が言う。

野武彦は、点滴スタンドをギュッとつかんだ。

「手術はせん。少なくとも、ここを脱出して、佐渡でやるべきことを果たすまではな」

(もちろん、その後もな。手術などするものか、絶対に)

心のなかでつけ加え、野武彦は脂汗にじっとりと濡《ぬ》れた額をタオルで拭《ふ》いた。

短い沈黙がある。

「霊力が使えれば、少しは炎症が抑えられるかもしれません」

あきらめたように、薫が呟《つぶや》く。

「わかった。……もう一回、チャレンジしてみよう。だいぶ痛みも治まったし、大丈夫だろう」

野武彦はそろそろと点滴スタンドを放し、薫のほうに手をのばした。

半陽鬼《はんようき》は〈鬼使い〉の統領に近づき、そっと目を閉じる。

人馴《ひとな》れない野良猫《のらねこ》が、ふっと警戒を解いてみせたような仕草だ。

野武彦は、わずかに目を細めた。

(俺が卓也の親父《おやじ》だから信用しているのか。それとも、病人だから何もできないと思っているのか)

どちらにしても、野武彦にとっては癪《しゃく》に障《さわ》る話だった。

(ええい。とにかく、こいつの霊力を復活させて、ここを脱出しなければ)

霊力を集中させようとしたとたん、突然、激しい痛みが襲ってきた。

野武彦は息を吞《の》み、上体を海老《えび》のように丸めた。

「ぐっ……」

薫が宝石のような闇色《やみいろ》の目を開き、心配そうにこちらをながめているのがわかる。

「す……すまん。少し待ってくれ。ちょっと……腹が……」

半陽鬼《はんようき》は小さくうなずき、野武彦の側《そば》を離れた。

そのとたん、野武彦の痛みがすっと薄れた。

(助かった……)

大きく深呼吸し、野武彦はもう一度、濡《ぬ》れタオルで顔を拭《ふ》いた。

「よし、やるぞ、薫君」

「はい」

黒髪の少年は野武彦のところに戻ってきて、目を閉じる。

(さあ、集中して……解くぞ)

そう思った瞬間、また激痛の波が襲ってきた。

「ぐ……っ……う……」

(ダメだ……)

野武彦は両手で腹を押さえ、顔をしかめた。

薫がとがめるような目で、彼を見下ろしている。

「な……なんだ？　わざとやっているわけではないぞ」

ボソリと半陽鬼《はんようき》が言った。

「少し横になられたほうが」

「横になるといっても、手術台しかなかろうが……！　俺は絶対に嫌だからな！」

大声を出すと、腹に響く。

野武彦は車椅子《くるまいす》の肘《ひじ》掛《か》けをギュッとつかみ、上体を前に倒した。

（優美子……一美《かずみ》……不二子、三奈子《みなこ》、飛四子《ひよこ》……五津美……六津美……卓也）

祈るように胸のなかで、家族の名前を唱えつづける。

どこかで、「私の名前はないんですか？」とチェシャ猫のように笑う男の顔もちらちらしたが、それは無視する。

やがて、三度《みたび》、痛みは遠のき、野武彦はホッと安堵《あんど》の息を吐いた。

けれども、全身はガクガクと小刻みに震えている。

とても霊力を集中させるような状態ではない。

その時、ドンドンと手術室の銀色のドアを叩《たた》く音が聞こえてきた。

（しまった……）

野武彦は、弱々しくドアのほうを見た。

薫が無表情のまま、野武彦をかばうようにドアの前に移動する。

＊　　＊

同じ頃、両津総合病院の裏手に三つの人影が立っていた。

卓也と五津美、六津美である。不二子は、偵察に行っている。

吹きぬける風は、凍《こご》えそうに冷たい。

「たっくんにあんな術使えるなんて、びっくりじゃん」

「すごいよねー。見直しちゃった」

五津美と六津美が、こそこそ話している。

六白坑《ろっぱくこう》が崩れた時、とっさに卓也が結界を張り、姉たちを助けたのだ。

そして、藤丸に命じて土性《どしょう》を司《つかさど》る黄竜《おうりゅう》を呼び出させ、土砂のなかに道を開かせた。

さっきまで、疲れきった卓也はワゴン車のなかで藤丸を抱え、うとうとしていた。

「なんで、チビ、引っこめちゃうかなあ。可愛《かわい》かったのにね」

「しょうがないじゃん、五津美。たっくんだって霊力の消耗《しょうもう》防ぎたいし」

「そっか。そうかもね」

五津美と六津美は顔を見あわせ、ふふっと笑った。

「不二子姉ちゃん、遅いね」

やがて、五津美がポツリと呟《つぶや》く。

その時、香水の匂《にお》いがしたかと思うと、植えこみの陰から不二子が姿を現した。手に何か白っぽい服のようなものを持っている。

「見てきたよ。ここに親父《おやじ》が閉じこめられてるのは間違いないね。でも、まわりには霊力が強い人間は入れない結界が張ってあるから、あたしたちが入りこむのは難しい」

不二子が言った。

「霊力が強い人間は入れねえ結界……？　破れねえのか？」

「破れば、すぐバレちゃうよ」

デニム地のジャケットの肩をすくめて、不二子は病院のほうを見た。

「親父、盲腸《もうちょう》だったら、手術とかしちまったんだろうか」

卓也も病院の窓を見上げ、身震いした。

明け方にしては、電気のついている窓が多すぎるのだが、卓也にはそれはわからなかった。

「手術してたら、かなりヤバいね。傷がふさがるまでは無茶できないよ。……ああ、手術して動けないいから、あんな鬼に捕まってるのか」

舌打ちして、不二子は長い黒髪をかきあげた。

「どうしよう、不二子姉ちゃん？」

五津美が不安げに尋ねてくる。六津美も、心細げな顔をしている。

「あたしに考えがある」

不二子は、畳んだ白い服を卓也にさしだした。

「卓也、おまえ、これを着て潜入しなさい。結界にひっかからないように、霊力は封じてあげるから」

「え……？　オレ？」

（白衣かなんか着て医者のふりしろってか？　オレ、医者っていうには若すぎるんだけど……。研修医でも誤魔化《ごまか》せねえんじゃねえかな）

そんなことを思いながら白い服を広げてみた卓也は、絶句した。

（なんだ、これは⁉）

どう見ても、看護婦用の白衣である。

五津美と六津美も、まじまじと白衣を見つめている。

「不二子姉ちゃん、これ、女物じゃねえか！」

「そうだよ」

不二子は、事もなげに答える。

「ストッキングとナースキャップもあるから、ワゴンのなかで着替えておいで」

「冗談だろっ……！　不二子姉ちゃんが着ればいいじゃんかよ！」

「あたしにはそのナース服、胸がきついんだよ」

不二子は自慢のナイスバディを誇示するように、胸を張ってみせる。

「オレだってきついに決まってるだろ！　五津美姉ちゃんか六津美姉ちゃんはどうなんだよ⁉　そのほうが自然じゃねえか！」

卓也の言葉に、五津美と六津美が目をみはり、首を横にふる。

「あたしはダメだよう。ストッキング、かぶれちゃうもの。生足《なまあし》の看護婦さんなんか、いないじゃない」

「あたしも、あたしもー」

「やっぱり、あたしたち、体質同じだしぃー。たっくん、やってよ」

「そうだよ。たっくん、がんばりなよ」

五津美と六津美は、卓也にむかってニッコリ笑った。

（姉ちゃんたち……）

卓也は、深いため息をついた。

「本気じゃねえよな？」

（ホントにもう。こんな時に変な冗談言うなんて）

不二子が弟をじっと見、真顔で言う。

「本気だよ。ほら、こうしてるあいだにも親父《おやじ》が鬼にやられちまうかもしれないだろ。早くしな、卓也」

「ええーっ！　マジですか⁉」

「マジだよ。いつまで、うだうだ言ってるんだい？」

「あ……あの……オレ、臑毛《すねげ》生えてるしっ……。ナース服なんか似合わねえっ……！」

「なーに言ってるんだよ、卓也。おまえのは臑毛じゃなくて、産毛《うぶげ》だろっ。それでも気になるんなら、剃《そ》ってやるよ！　あたしの化粧ポーチ持ってきな！」

不二子がドスのきいた声で言う。

五津美が「はーい」と答えて、ワゴン車のほうに走りだす。

（うわあああああー！）

「やめろ！　やめてくれーっ！」

卓也は、悲鳴をあげた。

第三章　鬼骨法《おにこっぽう》

時刻は、もうすぐ午前五時になろうとしている。

両津《りょうつ》総合病院の手術室の扉を破ろうとドンドン叩《たた》く音が、ふっとやんだ。

筒井野武彦《つついのぶひこ》と篠宮薫《しのみやかおる》は、目と目を見交わした。

あたりはシンと静まりかえる。

ややあって、扉をノックする音が聞こえてきた。

「誰かいませんか？　すいません！」

聞こえてきたのは、卓也《たくや》の声だ。

薫がすっと扉に近づき、鍵《かぎ》を外す。

扉が左右に開いた。

そこには、看護婦の白衣姿で、ナースキャップをつけた卓也が立っていた。

「うわっ……！　薫……！」

「…………」

恋人たちは、無言で互いの目を見つめあった。

なんとも表現しがたい微妙な空気が流れる。

薫の後ろでは、浴衣姿《ゆかたすがた》の野武彦もまた、顎《あご》が床まで落ちそうになったまま、硬直していた。

＊　　＊

卓也は呆然《ぼうぜん》としたまま、薫の顔を凝視していた。

(嘘《うそ》……マジで……⁉　オレ……よりによって、こんな格好で……！)

あまりにもびっくりしたので、言葉が出ない。

薫もまた無言のまま、卓也の看護婦姿を上から下まで見ている。

「た……くや……」

手術室の奥のほうから、父の声がした。

卓也は素早く声のほうを見、車椅子《くるまいす》に座っている野武彦に気がついた。

たった二晩会わなかっただけなのに、顎や口のまわりには無精《ぶしょう》髭《ひげ》が生え、頰《ほお》はこけ、目の下には隈《くま》が浮き、憔悴《しょうすい》しきっている。

いつも元気な姿を見慣れているだけに、弱った父の姿はショックだった。

(親父《おやじ》……こんなになっちまって)

「お父さん……！」

慌てて、卓也は車椅子《くるまいす》に駆けよった。妙に足もとがスースーして、落ち着かない。

「なんだ、その格好は……⁉」

弱々しい声で、野武彦が言う。

「あ……ええと、変装です。不二子《ふじこ》姉ちゃんたちに無理やり着せられて……。オレは着たくなんかなかったんですけどっ……！　でも、病院に潜入するにはどうしても必要だって言われてっ……！」

野武彦は、言い訳をならべる息子の腕をギュッとつかんだ。

「バカが。寿命が縮んだぞ」

「……ごめんなさい」

卓也はスカートの裾《すそ》を引っ張り、少しでも足を隠そうとする。

野武彦は、嫌そうな顔になった。

「それもやめろ」

「すみません。オレ……」

もじもじする卓也の後ろ姿を、薫が無表情のまま、じっとながめている。

半陽鬼《はんようき》は、看護婦の白衣そのものには興味はないのだが、スカートをはかされ、恥ずかしがっている恋人の様子には心が動くらしい。

野武彦は焼けつくような腹を押さえ、廊下のほうに視線をむけた。

「外にいた連中は……どうした？」

「知りません。オレが来た時には誰もいなかったし。……っていうか、廊下とか病室にも人がいないいんですけど」

「人がいない？」

野武彦は、眉根《まゆね》をよせた。

「罠《わな》かもしれんな」

薫がボソリと呟《つぶや》く。

「罠？　罠ってなんだよ？」

卓也が尋ねかけた時だった。ゆらり……と扉のむこうで妖気《ようき》が動いた。

「来たか……」

野武彦が力の入らない手で点滴スタンドをつかみ、廊下に通じる扉を睨《にら》みつける。

薫もまた、ゆっくりと身構えた。

「敵か？　……あのさ、オレ、結界に入るために霊力封じられてるんだけど」

小声で、卓也はささやいた。

「俺もだ」

薫が短く答える。
「マジで……⁉　じゃあ、体術しか使えねえじゃん。やべえよ」
卓也は、チラと父のほうを見た。
(あんなにボロボロのよれよれで、戦えるわけねぇし。オレと薫で守らなきゃ)
そんな息子の想《おも》いに気づいたのか、野武彦はニッと笑った。
「俺のことは心配するな。何、自分を守ることくらいはできる」
すさまじい痛みをこらえて、点滴スタンドを膝《ひざ》の上に横にし、構える。
あきらかに、息子の前で見栄《みえ》をはり、無理をしていた。
薫が「やれやれ」と言いたげな目になった。しかし、半陽鬼《はんようき》は何も言わない。
(大丈夫か、親父《おやじ》)
卓也もそう思ったが、口にはしない。
その時、カタカタと手術室の備品が小刻みに震えだした。
(あ……)
卓也は、わずかに肩を緊張させた。
半陽鬼の静かな声がする。
「俺がいる、卓也」
安心しろというような声の響きに、卓也の胸が熱くなる。

(薫……こんな時に、反則だぞ……)

父の前で、そんなことを言う薫をたしなめたくても、今はそれどころではない。

卓也は、懸命に目の前の敵に意識を集中させようとする。

妖気《ようき》がさらに強くなったかと思うと、ふいに銀色の扉が左右に開いた。

そこには、いつの間にか二体の鬼が立っている。金雀《きんじゃく》と獄王《ごくおう》だ。

「こんなところにいたのか、筒井野武彦」

金雀がニヤリとする。

「あ……！　おまえら、金山《きんざん》にいた奴ら！」

卓也は少しためらい、白衣のスカートの下をゴソゴソと探《さぐ》った。そこには、ガーターにはさんだ懐剣《かいけん》がある。ガーターは、不二子のものだ。

懐剣をどうやって持っていこうかと困っていたら、姉たちが大喜びしてガーターをつけさせたのだ。

もちろん、卓也は抵抗した。

しかし、懐剣を持ってくるにはほかにどうしようもなかったのだ。

(姉ちゃんたちのバカ野郎……)

金雀と獄王がそんな卓也を見、口に手をあてた。

「見たか、獄王。女装してるぞ」

「うわ……きっついね、金雀兄さん。変態だよ、変態」

「これだから、人間は」

コソコソと話す声は、卓也のほうにもはっきり聞こえてくる。

(なんだよ、あいつら)

「オレだって、好きでやってるわけじゃねえよっ！　よくも生き埋めにしようとしてくれたな！」

やっとのことでガーターから懐剣《かいけん》を鞘《さや》ごとぬき、卓也は声を張りあげた。

野武彦が息子の太腿《ふともも》に装着されたガーターを見、深いため息をついて、額を押さえた。

腹痛だけではなく、頭痛もしてきたらしい。

金雀は卓也の顔をじっと見、眉根《まゆね》をよせた。

「ああ、あの時の小僧か。ずいぶん雰囲気が変わったな。……わざわざ女の格好をしてきたのは、俺たちへの嫌がらせか？　実際、かなり嫌だが」

「うるせえ！　オレのせいじゃねえっての！」

白衣で仁王立《におうだ》ちになり、卓也は懐剣を握りしめた。

その時、獄王が兄の肩を叩《たた》いた。

「ねえねえ、金雀兄さん、あいつが筒井卓也じゃないかな。すごく綺麗《きれい》だよ」

獄王が指さしたのは、薫のほうだ。

金雀も、薫に目をむけた。

「あいつか……。たしかに綺麗《きれい》な顔をしているな。あいつが噂《うわさ》の魔性の〈鬼使い〉か」

（なんだよ？　薫のこと、オレだと思ってるのか？　なんで……？）

卓也は、目を瞬《しばた》いた。

金雀があたりの匂《にお》いを嗅《か》ぎ、顔をしかめた。

「そういえば、さっきから甘い匂いがするな……。これが噂のあれか。獄王、気をつけろ」

「わかってるよ、兄さん」

獄王が身震いした。

それから、少し鼻をくんくんさせて、首をかしげる。

「ねえ、兄さん。ぼく、筒井卓也とあっちの変な奴は両方とも甘い匂いがすると思うんだ。二人とも匂いが一緒だ」

獄王の言葉に、卓也はカーッと赤くなった。

最後に薫と肌をあわせたのは、つい昨日のことである。

（まさか、オレの匂いが薫に……）

そんなことはありえないと思いながらも、自分の肌の匂いが薫に移ってしまっているのではないかと不安になる。

半陽鬼《はんようき》は、無表情のままだった。

野武彦もまた顔色を変えなかったが、点滴スタンドを握る指の関節が白くなった。

金雀と獄王は、その場の異様な緊張には気づかなかった。

「気のせいだろう。あんな女装の変態野郎が、鬼の公子さえ惑わした魔性の色香の持ち主のはずがない。筒井卓也は、あっちの綺麗《きれい》なほうに決まっている」

獄王が言う。

（誰が魔性の色香だよ？　誰が女装の変態野郎だよっ！）

「そうかなあ……」

獄王は、まだ鼻をふんふんさせている。

「筒井卓也といえば、一度、魅入られたら生きて戻れないと言われる美貌《びぼう》の持ち主だ。奴は、自分に魅入られて死んだ鬼の屍《しかばね》を、眉《まゆ》一つ動かさずに踏みつけて歩くそうだ。そして、夜な夜な、鬼の頭蓋骨《ずがいこつ》の盃《さかずき》で酒盛りをするという。……あんなチンケなガキが、筒井卓也のわけがないぞ」

「ああ、そうだね、兄さん」

獄王がうなずく。

「ちょっと待てよ！　筒井卓也はオレのほうだぞ！」

我慢できなくなって、卓也は口を開いた。

「でも、オレは鬼を踏んで歩いたり、鬼の頭蓋骨《ずがいこつ》の盃《さかずき》で酒盛りしたりしねえぞ！」

金雀がふんと鼻で笑う。

「黙れ、偽者《にせもの》。筒井卓也のふりをしても無駄だ」

「何言ってるんだよ！　オレは本物だ！」

（なんで、信じねえんだよ⁉）

卓也は、〈藤波《ふじなみ》〉を握りしめた。

「うるさいぞ、偽者！」

金雀が一喝して、野武彦に視線をむけた。鬼の表情が、すっと引き締まる。

「筒井野武彦……」

ゆらり……と金雀の全身から妖気《ようき》が立ち上りはじめた。

〈鬼使い〉の統領も、油断なく金雀を見据える。

「兄、鉄火丸《てつかまる》の仇《かたき》だ。貴様を殺す」

今までのふざけた態度とはうってかわって、冷ややかな声で金雀は言う。

「鉄火丸……。そうか。弟がいたな」

野武彦は、低く呟《つぶや》いた。

（え？　仇？　親父《おやじ》が？）

卓也の心臓がどくんと跳ねた。

(殺したのか、こいつらの兄貴を……？)

「お父さん……あいつらの言ったこと、本当なのか……？」

小声で尋ねると、野武彦がチラと息子を見、静かに答える。

「十七、八年前に鉄火丸という鬼を退治したのは本当だ」

「そう……なんですか」

ひどく複雑な想《おも》いが、胸にこみあげてくる。

もしも、父がそうしたのなら、それには相応の理由があったはずだ。

父は、意味もなく鬼を殺すような真似《まね》はしない。

けれども、〈鬼使い〉としての非情な面を目《ま》の当たりにすると、やはり悲しい気持ちになる。

(仇《かたき》……か)

殺さずに、なんとかすることはできなかったのだろうかと思わずにはいられない。

(親父《おやじ》も、いろんな方法試して、最善の道を選んだんだろうけどさ……。でも、やっぱり、こうやって恨まれるんだ……)

「鉄火丸は慰《なぐさ》みのために人間たちを殺した。〈鬼使い〉として、見過ごすことはできなかった。おまえたちにとっては大事な兄であったかもしれないが、許されない罪を犯したのは事実だ」

野武彦が金雀と獄王を見、低く言う。

「うるさい！　黙れ！　鉄火兄さんを悪く言うな！」

獄王が怒鳴《どな》る。

「いかなる理由があろうとも、人を殺した鬼は裁かれる。それが人間の世界の掟《おきて》だ」

「問答無用！」

野武彦の言葉を遮るように、金雀が鋭く叫んだ。

「死ね、筒井野武彦！」

獄王が野武彦にむかって走りだす。

卓也と薫は、同時に野武彦をかばい、戦いはじめた。

＊　　＊

金雀の手もとから、稲妻《いなずま》が走る。

バチバチバチバチバチッ！

「うわっ！」

とっさに、卓也は身をひねってかわした。

白いスカートの裾《すそ》がふわりと揺れる。

(やべ……見えちまう)

予想以上に動きにくい。

この忌々《いまいま》しい白衣のおかげで蹴《け》りは封じられ、手刀の届く範囲にしか攻撃ができない。

(大丈夫か、オレ……)

「死ね、偽者《にせもの》!」

金雀が攻撃をしかけてくる。

バチバチバチッ!

卓也は横に跳び、稲妻《いなずま》を避《よ》けた。

その拍子《ひょうし》に、スカートの裾《すそ》がめくれあがり、ガーターをつけた太腿《ふともも》まで露《あらわ》になる。

「ぎゃっ!」

(ガーターがあああああーっ!)

慌てて両手でスカートを押さえたとたん、金雀が卓也の真正面に移動し、印《いん》を結んだ。

ドンッ!

妖気《ようき》の塊を真正面から食《く》らい、卓也の身体《からだ》は手術室の壁際《かべぎわ》まで飛ばされる。

「うわああああああーっ!」

「卓也!」

後頭部から壁に叩《たた》きつけられると思った瞬間、誰かが後ろから卓也を抱き止めてくれ

た。

　かすかに藤《ふじ》の花の香りがする。

（薫……）

「ごめん……」

「こんなもののことは気にするな」

耳もとに蠱惑的《こわくてき》な声が吹きこまれたかと思うと、白い指が卓也の太腿《ふともも》までめくれあがった白衣のスカートをつかみ、そっともとに戻してくれる。

卓也は、真っ赤になった。

その場の全員の視線を痛いほどに感じる。

だが、次の瞬間、みな卓也から視線を外し、何事もなかったように戦いはじめた。

それが卓也にとっては、よけいに恥ずかしい。

（スルーすんなっ……！　バカ野郎……！）

「何をしている、卓也！」

野武彦が叱咤《しった》する。

「はいっ！」

卓也は、もう一度、金雀にむかってゆく。

薫も、大人と子供ほど身長差のある獄王と体術で戦いはじめた。

白い手が、流れるように空《くう》を切る。

「そんなものがぼくにきくか！」

獄王の蹴《け》りが、薫にむかって飛ぶ。

美貌《びぼう》の半陽鬼《はんようき》は、音もなく横に移動し、蹴りを避《よ》けた。

その横面《よこつら》めがけて、手術室の機材が飛ぶ。

機材は、たった今まで薫の頭があった場所を通り過ぎ、床に落ちてバラバラに壊れる。

半陽鬼は安全な場所まで移動し、すっと腰を落として身構えた。

「大丈夫か、薫⁉」

卓也の声に、薫は小さくうなずいてみせた。半陽鬼は、息ひとつ乱していない。

「死ね、筒井野武彦！」

獄王は両手をあわせ、印《いん》を結ぶ。

そのとたん、鬼の両手から強い風が噴きだした。

風は一瞬のうちに手術室の壁を壊し、小さな竜巻となって野武彦に襲いかかってゆく。

（やべっ！）

「お父さん！」

卓也は慌てて、父のほうに駆けだした。

野武彦が点滴スタンドを左手で横に構え、右手で印を結ぶ。

「急々如律令《きゅうきゅうにょりつりょう》!」

カッ……!

一瞬、あたりが白く光ったかと思うと、小さな竜巻は消滅した。

(すげえ……)

あれだけ消耗《しょうもう》していたのに、なんという精神力だろう。

「まだやる気か」

金雀と獄王を見据え、野武彦が低く言う。その車椅子《くるまいす》の左右に、卓也と薫がすっと立つ。

金雀と獄王は、素早く目くばせしあった。

獄王が印《いん》を結ぶ。

そのとたん、ドドドドドドーンという轟音《ごうおん》とともに白煙があがった。

(何っ!?)

「また会おう、筒井野武彦」

「またな、筒井卓也と偽者《にせもの》」

嘲笑《あざわら》うような声が遠ざかる。

白煙が消えると、そこにはもう鬼たちの姿はなかった。

「逃がしたか」

野武彦が呟《つぶや》く。無精髭《ぶしょうひげ》の生えた顔は真っ青で、脂汗が浮いている。無理をして霊力を集中させたため、わずかに残っていた体力も使いきってしまったようだ。

「お父さん……大丈夫ですか？」

慌てて、卓也は父の顔をのぞきこむ。

「大丈夫だ……」

浴衣《ゆかた》の肩で息をしながら、野武彦が答える。

薫も心配そうに、野武彦に近づいてきた。

野武彦は無言で、半陽鬼《はんようき》を招く。

（ん？）

卓也が首をかしげた時、野武彦が大きく息を吸いこみ、薫の額の前にすっと手を翳《かざ》し
た。薫が目を閉じる。

〈鬼使い〉の統領の手のひらが一瞬、白く光った。

（え……？　なんだ？　何したんだ？）

卓也には、何が起きたのかわからなかった。

薫は目を開き、ホッとしたような表情になる。

「ありがとうございます」

どうやら、霊力が戻ったようだ。

野武彦はかすかに微笑《ほほえ》み、そのまま、ぐらっと前に倒れかける。

（やべ！）

とっさに、卓也と薫が野武彦の身体《からだ》をささえた。

（親父《おやじ》……すげえ熱……）

今さらのように、卓也は父の体温の高さにゾッとした。

つかんだ浴衣《ゆかた》の肩は、小刻みに震えている。寒気がしているのか、それとも激痛に耐えているせいなのか。

「お父さん、しっかり！　大丈夫か⁉」

「すまん……。少し横に……なりたい……」

弱々しい声で、野武彦が言う。

卓也と薫は、顔を見あわせた。薫が、小さくうなずく。

（わかった）

卓也もうなずきかえし、野武彦の両肩を後ろからささえた。

薫が足を持ち、二人がかりで床に寝かせる。

野武彦の呼吸は荒く、顔色は土気色《つちけいろ》になっていた。

（これ……やべえよ。どうしよう）

素人《しろうと》の卓也の目から見てさえ、状況がひどく悪いのはわかる。

しかし、今の卓也には、父をどうすることもできなかった。

(どうしたらいいんだ……。姉ちゃんたちを呼びにいったほうがいいのか？　でも、そのあいだにまた敵が襲ってきたら……)

薫がそんな卓也の横顔を見、何かを決意したような瞳《ひとみ》になった。

優美な動作で野武彦の傍《かたわ》らに跪《ひざまず》き、浴衣《ゆかた》の下腹部にすっと手をのばす。

「な……何をする……⁉」

荒い息を吐いていた野武彦がギョッとしたような顔になり、自分の股間《こかん》をガードしようとする。

(薫……何する気だ⁉　おい……！)

卓也もまた、目を見開き、薫の姿を凝視していた。

美貌《びぼう》の半陽鬼《はんようき》は、面倒臭《めんどうくさ》そうに野武彦の手を払いのけ、盲腸《もうちょう》のあるあたりに白い手を置いた。

口のなかで、呪文《じゅもん》のようなものを唱える。

次の瞬間、薫の白い手を中心として、あたりの空気がゆらゆらと陽炎《かげろう》のように揺れた。

「む……」

野武彦が小さく声をあげ、目を瞬《しばたた》く。

荒い呼吸が鎮《しず》まり、身体《からだ》の震えが止まった。

薫は無表情になり、野武彦の下腹部からすっと手を離した。

立ち上がる半陽鬼《はんようき》の動作は、いつもの彼よりも少しぎこちなかった。

(何やったんだ、薫……?)

卓也は薫の顔を見、父の顔を見た。

だが、どちらも説明してくれようとはしない。

卓也は知らないことだったが、実は薫は鬼にしか使えない術、鬼骨法《おにこつぽう》を使ったのだ。

鬼骨法というのは、直接、患部に触れることによって一時的に病の進行を抑え、術者が相手の苦痛を肩代わりする術なのである。

しかし、鬼骨法を使う術者は、病の進行を抑えている時間が長くなれば長くなるほど、自分自身の消耗《しようもう》が激しくなり、最悪の場合は死に至ることもあるという。

病を癒《いや》す術ではなく、あくまでも緊急措置でしかないのだ。

「薫君……これは……」

野武彦が立ち上がりながら、尋ねる。

薫は紫のスーツの肩をすくめ、〈鬼使い〉の統領を見上げた。

「一時的なものです。長くはもちません」

「わかった。助かる」

それだけ言うと、野武彦は卓也を振り返り、うなずいてみせる。

「大丈夫だ。とにかく、病院を出よう」

「はい……」

（ホントに大丈夫なんだろうか）

心のなかで、一抹《いちまつ》の不安を感じながらも、卓也は父と一緒に歩きだした。

少し遅れて、薫がついてゆく。

時おり、白い手が紫のスーツの腹部を軽く押さえる。

しかし、卓也はそれには気づかなかった。

＊　　　＊

朝の国道を、ワゴン車が走ってゆく。

一晩荒れ狂った暴風雨はおさまり、雲の切れ間がぼんやりと薄明るくなっている。

運転しているのは、迷彩柄のズボンと白いTシャツに着替えた野武彦だ。

後部座席には、卓也と薫が乗っている。

薫の頰《ほお》は真っ青で、唇にも血の気がなかった。

不二子と五津美《いつみ》、六津美《むつみ》は金雀と獄王の去った後の病院に残り、鬼に憑《つ》かれていた人々の後始末をしている。

波が鎮《しず》まり、船が動きだすのを待って、東京からも一美《かずみ》と渡辺聖司《わたなべせいじ》が応援に駆けつけることになっていた。

七曜会《しちようかい》にも連絡をとり、事情を話し、支援をもとめた。七曜会会長、伊集院雪之介《いじゅういんゆきのすけ》はできるかぎりのことをすると約束してくれた。

野武彦は、病院に残って手術をしてほしいという薫の要請をきっぱりと断り、金山行きを強く主張した。

金山の封印が解け、鬼が逃げだしていることを知ったからだ。

――手術などしている場合ではない。このままでは、大変なことになる。

〈鬼使い〉の統領として、逃げた鬼を封印しなくてはならない。

金山への出発前、野武彦は薫に言った。

――俺は卓也を連れて、金山へ行く。

美貌《びぼう》の半陽鬼《はんようき》は藤丸《ふじまる》とよく似た目つきで、野武彦の男性的な顔をじっと見あげ、ボソリと言った。

――俺も行きます。

――君には世話になった。しかし……。

――俺と別れるわけにはいきませんよ。

薫は、それだけしか言わなかった。

だが、野武彦は察した。

薫が側《そば》にいなければ、彼の使ったなんらかの術は解けるのだと。

また七転八倒することになっては、たまらない。

そこで、野武彦は嫌々ながら、薫の同行を認めた。

(親父《おやじ》と薫、オレがいないあいだ、何があったんだよ?)

卓也は心のなかで、そう思っている。

父と恋人が目と目で会話しあっているのが、なんとなく面白くない。

そのうえ、二人だけで通じあっている話の内容が自分にはわからないとなれば、なおさらだ。

(なんだよ……別れるわけにはいかねえって)

卓也は、ワゴン車に乗り込む前の二人の会話を思い出していた。

―残って、手術するわけにはいきませんか。

心なしか青い顔で、半陽鬼《はんようき》がささやく。

―そんなわけにはいかん。……君にはすまんと思う。だが、手術するわけにはいかんのだ。封印が終わるまでは。……いや、できれば、手術せずにすませたいんだが。

野武彦の言葉に、薫は責めるような目になった。

――では、一生、俺と一緒にいますか？

――いや……それは困る。

（なんだよ、あの会話……！　『一生、俺と一緒にいますか？』って。プロポーズかよ……！　なんで、親父《おやじ》とラブラブになってんだよ、薫……！）

父と薫には仲良くしてもらいたいとは思っていたが、こんなのは違う気がする。

卓也は憮然《ぶぜん》として、窓の外を見つめた。

しだいに、東の空が明るくなってくる。

ワゴン車は稲刈りの終わった田園地帯をぬけ、郊外型の大型レンタルビデオ店やジーンズショップの近くを通り過ぎ、佐渡金山《さどきんざん》へむかう。

＊　＊

朝の光に照らしだされた佐渡金山の坑道のあちこちから、白っぽい霧が流れだしていた。

まるで、金山のなかで火が焚《た》かれ、穴という穴から煙が出ているような光景だ。

落盤した坑道の入り口に、獄王と金雀が立っていた。二人とも何かに憑《つ》かれたような表情だ。

金雀も獄王も白と黒の鱗文様《うろこもんよう》の着物を着て、同じ素材の袴《はかま》をはいている。顔には、歌《か》舞《ぶ》伎《き》役者の隈《くま》取《ど》りのような黒い文様が浮かびあがっていた。

金色だった金雀の髪は、血のような赤に変わっていた。ざんばら髪のあいだから、黒い角が一本生えている。銀ぶち眼鏡は、もうかけていない。

獄王の黒髪は青く変わり、唐獅子《からじし》のように背中のあたりまでのびている。髪のあいだから、二本の黒い角が生えていた。

あきらかに、今までの彼らとは様子が違った。

「憎い……」

抑揚のない口調で、獄王が呟《つぶや》く。金雀も焦点のあわない目で、空《くう》を見つめている。

「殺す……〈鬼使い〉も殺す……」

「そうだ……殺す……」

「蓬莱《ほうらい》さまの……ために……」

「……さまの……ために……」

鬼の兄弟はニタリと笑い、霧のなかに姿を消した。

＊　　＊

坑道からあふれだす霧は、ゆるやかに山を下り、金山の麓《ふもと》の相川《あいかわ》の町に流れこんでゆく。

霧は、強い妖気《ようき》が実体化したものだ。

町のどこかで、狂ったように犬が鳴きはじめた。

しかし、霧が流れこんでゆくと、ふいに鳴き声がやみ、あたりは不気味にシンと静まりかえった。

相川の町を包んだ霧は、さらに周辺の町や海岸へ広がってゆく。

妖気の霧の中心には、人形のように小さな翁《おきな》が立っていた。

翁は藁《わら》を編んで作った裃《かみしも》のような着物を着て、藁で作った烏帽子《えぼし》のようなものをかぶっている。藁の烏帽子の下から、結いあげた白髪《しらが》頭が見えていた。

手には、笹《ささ》の枝を持っていた。

かつて、〈鬼使い〉によって六白坑《ろっぱくこう》の奥深くに封じられた鬼、蓬萊《ほうらい》である。

蓬萊は冷たい岩を踏みしめ、静かに舞っている。

舞うたびに妖気《ようき》が霧となって四方に散り、佐渡の大地の〈気〉が震えた。

やがて、佐渡の西の沖合いに禍々《まがまが》しい黒雲が現れた。

黒雲は、妖気の霧に呼ばれるように佐渡に近づいてくる。

＊　　＊

しだいに、白い霧が濃くなってきた。

卓也たちを乗せたワゴン車は、道の端に停《と》まっていた。

「妖気《ようき》が強くなってきたな」

ポツリと野武彦が呟《つぶや》く。

もう十分ほど、車を停めたまま、このまま進むべきか、別のルートをとるか考えているのだ。

しばらく前から、携帯電話も通じなくなっていた。

さっき、野武彦が式神《しきがみ》を放ったが、まだ戻ってきていない。

「このままだと、妖気に呑《の》まれちまうかも……」

卓也は窓の外を見、父の背中を見つめた。

「わかっている」

野武彦は、霧のむこうを睨《にら》みつけた。

後部座席では、薫が黙ってシートに背をもたせかけていた。

その頬《ほお》は、蠟《ろう》のように白く見える。

「突入するなら、早いほうがいいでしょう」

感情を抑えた声には、かすかな苦痛の響きがある。

(薫……)

「大丈夫か？」

卓也は恋人の顔をのぞきこみ、小声で尋ねた。

薫は「大丈夫だ」というふうに、うなずいてみせる。

(ホントか？)

「なんか、顔色悪《わ》りぃぞ。……どっか痛《い》てぇのか？」

卓也は、薫のスーツの背に腕をまわした。

半陽鬼《はんようき》はつらそうに息を吐き、卓也の白い綿シャツの肩に体重をかけてくる。

その仕草が、こんな時だというのに、卓也の胸を熱くした。

大切な人に頼られていると思うと、甘酸っぱい気分が胸いっぱいに広がる。

「薫……」

かすかな声で、恋人の名前をささやき、卓也はそっと絹糸のような黒髪を撫《な》でた。

じっとして、撫でられるままになっている薫が愛《いと》しい。

いつもならば、ここで立場が逆転し、押し倒されて脱がされるところだが、今は薫もそれどころではない。

だから、卓也は心ゆくまで恋人に触れることができた。

艶《つや》やかな黒髪に頬《ほお》をよせると、ほのかに藤《ふじ》の花の香りが立ち上る。

「苦しいのか？　少し横になったほうがいいぞ」

運転席では、野武彦がルームミラーをチラと見、複雑な顔になっていた。

薫が抱えている苦痛は、本来、野武彦のものだ。

それなのに、息子が自分ではなく、薫に優しくしているのがなんとも腑《ふ》に落ちないらしい。

もちろん、薫が野武彦の痛みを肩代わりしていることなど、教える必要はないのだから、この状況に文句を言える筋合いではないのだが。

「なんで、おまえも体調悪くなっちまったんだろうな。大丈夫か。かわいそうに……」

卓也は父の様子には気づかず、薫の髪や背中をそっと撫《な》でている。

薫は目を閉じ、卓也の手の感触を味わっているようだ。

野武彦はステアリングに両腕を乗せ、眉根《まゆね》をよせた。

「よし。しかたがない。進もう」

低く言うと、〈鬼使い〉の統領はサイドブレーキを外し、ワゴン車を発進させた。

卓也に髪を撫《な》でられながら、薫もまた、数時間前のことを思い出していた。

金雀と獄王がいなくなり、病院の外にいた筒井家の娘たちと合流した後だった。

筒井家の五人は、今後の計画や役割分担の話しあいのため、病院の薄明るいロビーに集まっていた。

＊　＊

薫は少し離れた暗いところで、じっと座っている。

──おまえたち、卓也にこんなものを着せて、どういうつもりだ？

野武彦が不二子と五津美、六津美を見るなり、顔をしかめてみせた。

──えー？　だって、ほかにしょうがなかったんだもん。ねえ、五津美。

──そうだよ、六津美。あたしたち、すごく大変だったんだからね。

双子が騒ぎだす。

──姉ちゃんたちは、ぜんぜん大変じゃねえだろ……！　大変だったのは、オレだ。

卓也も白衣姿のまま、姉たちを睨《にら》む。

──いいから、おまえは早く着替えてきなさい。

野武彦が、卓也の白衣の背を押した。

姉たちのあいだから、どっと笑い声が起きる。

卓也もまた、困ったような顔で自分の服を受け取り、トイレのほうに走りだす。

それは、尋常ではない状況のなかではあったが、一つの家族の団欒《だんらん》の風景だった。

薫の目には、筒井家の人々のまわりにだけ光が降り注いでいるように見えた。

そこは、暖かな場所だ。

しかし、薫はその輪のなかに入りこむことはできない。

それがつらいとか、うらやましいとは思わなかったが、なんとなく、その一角が眩《まぶ》しすぎて、半陽鬼《はんようき》は傷ついた獣《けもの》のように暗がりに身をひそめていた。

薄暗い場所からのぞくと、さらに家族の風景は眩しさを増したようだった。

ジーンズと白い綿シャツに着替えてきた卓也は、再び、何事もなかったようにその輪のなかに入りこんでゆく。

卓也にとって、家族とは自分を受け入れ、いつ、いかなる時でも温かく迎えてくれる存在なのだ。

だが、薫にとっては違った。

家族というものを思う時、半陽鬼の脳裏に酷薄な眼差《まなざ》しの銀髪の男と、守らなければいけない可憐《かれん》な妹の顔が浮かぶ。

そこには温《ぬく》もりではなく、緊張感と悲しみが常にあった。

薫はずっと長いこと、実の父を憎みつづけてきた。

薫と妹の透子《とうこ》の父、篠宮京一郎《しのみやきょういちろう》は七曜会に所属する一流の退魔師だった。

彼は鬼道界《きどうかい》の巫女姫《みこひめ》である鬼の姫、藤子《とうこ》を愛し、妻とした。

だが、藤子は十六年前、透子を産んで、すぐに死んだ。

最愛の妻の死を認められなかった京一郎は、その心の弱さを鬼の王、羅刹王《らせつおう》に突かれた。

そして、妻は自分を捨て、鬼の世界――鬼道界へ戻ったと信じこんだ。

自分を捨てた鬼への憎しみのあまり、京一郎は鬼の血をひく子供らへの愛情を失い、薫と透子にとりかえしのつかない酷《むご》い仕打ちをつづけた。

憎くてならない鬼道界を滅ぼすため、ついに京一郎は透子を生きながら呪具《じゅぐ》に変えようとした。

薫は、透子を守るために父と命懸けで戦った。

父子の無惨《むざん》な戦いは、幾度となく繰り返された。

戦いは、京一郎が自分の思い違いを悟り、あらゆる不幸の源である羅刹王に戦いを挑んで敗れたことで、終わりを告げた。

京一郎は死に、薫と透子は人間界に残された。

薫が家族と呼べる相手は、この世にはもう透子一人きりになってしまった。

だが、その透子もまた、今は薫とは離れ、大阪《おおさか》の七曜会関西支部長の屋敷で暮らしている。

今、薫は一人ぼっちだった。

卓也が側《そば》にいると約束してはくれたが、それも永遠にというわけにはいかないだろう。

やがて、卓也は選択の日を迎える。

家族を選ぶか、鬼の血をひく恋人を選ぶか。

薫を選べば、卓也は自分の血につながるものをすべて失うのだ。

家も家族も〈鬼使い〉としての未来も。

(卓也……)

〈鬼使い〉の統領になる定めを背負い、生まれてきた少年。

彼をあの輪のなかから連れ出す権利が、自分にはあるのだろうか。

病院での光景を見た時から、半陽鬼《はんようき》はそう思っていた。

(おまえには、おまえの居場所がある)

それを口にするのが、なるべく遠い日であることを願いながら、半陽鬼は卓也の優しい手の下でそっと目を閉じた。

＊　＊

白い霧が出るとともに、佐渡全域で異変が起こりだしていた。

家々の壁から赤錆色《あかさびいろ》の水滴が滲《にじ》みだし、床や畳に滴《したた》った。

消えていたテレビが勝手につき、ノイズだらけの画面をえんえん映しだしはじめた。

家々の薄暗がりから、九十九神《つくもがみ》のようなものが這《は》いだし、毛むくじゃらの巨大な鬼の腕や足が座敷に現れた。

霧のなかで、蓬莱がゆっくりと歩きだした。

蓬莱が手にした笹《ささ》をふると、地中深いところから、次々に青白い影がぬけだしてくる。

影は、みな、佐渡で無念の死を遂げた無宿人や流人《るにん》たちの怨霊《おんりょう》だ。

——寒い……暗い……。憎い……。

——帰りたい……。

怨霊たちは、よろめくような足どりで、霧に乗って国道を移動しはじめる。

＊　＊

佐渡金山のまわりには、強い妖気《ようき》が渦巻いていた。

(別の場所みてぇだ)

卓也は身震いし、心のなかで呟《つぶや》いた。

姉たちと来た時とは、まったく雰囲気が違う。あたりは墓場のように陰気で、地の底に引きずりこまれそうな、暗く禍々《まがまが》しい気配が漂っている。

「これは……ひどいな」

野武彦が眉《まゆ》をひそめる。

「やっぱり、ここに封じられてた鬼は逃げちゃったんですか？」

卓也の問いに、〈鬼使い〉の統領はうなずいた。

「見つけだして、封印しなおすしかあるまい」

「はい……。あの、お父さん、体調のほうは……」

「大丈夫だ。今のところはな」

野武彦は低く答え、チラと薫のほうを見た。

美貌《びぼう》の半陽鬼《はんようき》は、無表情のまま、霧のなかに立っている。傍《はた》からは、彼が激痛に耐えていることなどわからないだろう。

(薫……)

卓也も、薫のほうに視線をむけた。

恋人が病院を出てから、ずっと体調が悪そうなのは気になっていた。

しかし、どうなのかと尋ねても、はっきりした返事はかえってこない。

(どこか痛《い》てぇみてえだけど……大丈夫なんだろうか。親父《おやじ》もあれだし……。ここは、オレがしっかりしなきゃ)

そう思った時だった。

薫がふっと右手のほうを見、警戒するような表情になる。

数秒遅れて、ゆらり……と鬼の気配が動いた。

(鬼⁉)

卓也と野武彦は、同時に身構えた。

「気をつけろ、卓也」

「はいっ」

卓也は、ジーンズのポケットから懐剣《かいけん》を引っ張りだした。

冷たい霧が流れてゆく。

「待っていたぞ……筒井野武彦」

抑揚のない声とともに、小柄な鬼が姿を現した。金雀である。

病院で会った時にはスーツに白衣を羽織っていたが、今は白と黒の鱗文様《うろこもんよう》の着物を着て、同じ素材の袴《はかま》をはいている。顔には、怪しい隈取《くまど》りが浮かびあがっていた。

「ここが……おまえたちの……墓場だ」

「墓場だ……」

金雀の背後に、大柄な鬼がすっと立つ。獄王だ。

こちらも兄と同じ服装で、顔には不気味な隈取《くまど》りができている。

「なんか様子が変だぞ……！」

卓也は声をひそめて言う。

「金山の妖気《ようき》にあてられて、おかしくなったか」

野武彦が呟《つぶや》く。

金雀と獄王がクククッと笑う。

「人間ども……殺す……」

「殺す……」

二体の鬼のほうから、異様な妖気が漂ってくる。

(なんか、やべえ)

卓也と薫は、目と目を見交わした。

「油断するな」

半陽鬼《はんようき》が、ボソリと言う。

「わかってる」

卓也は、懐剣《かいけん》を握りしめた。霊力の封印は、姉たちに合流した時に解いてもらったので、カルラ鳥も藤丸《ふじまる》も出せる。

(今度は、病院の時みてぇにはいかねえからな)

獄王が左手を横に出し、意識を集中させる。

そのとたん、鬼の大きな手のなかに刺《とげ》の生えた金棒が現れた。

同時に、金雀が両手をすっとあわせた。

ドドドドドドドドーンッ！

轟音《ごうおん》とともに、卓也たちのすぐ側《そば》に雷が落ちる。

落雷地点からは、シュウシュウと白い煙のようなものが立ち上っていた。

(げっ……。なんか強くなってねえか)

卓也は、小さく身震いした。

「来い……人間ども……」

金雀がそんな卓也の不安を見透かしたように、ニタリと笑う。

*　　　*

いつの間にか、ポツポツと雨が降りだしていた。

戦いは、卓也の予想以上に長引いている。

時おり、薫の手もとから青い光が走り、駐車場を照らしだす。

アスファルトにはあちこち、金雀の雷の落ちた跡が黒くなって残っていた。

二体の鬼は、疲れを知らないもののようだった。

(ダメか)

金雀の雷を避《よ》けて安全な場所に飛びすさりながら、卓也は舌打ちしていた。

彼の攻撃はことごとく外され、ダメージをあたえることができない。

なぜなら、卓也の心のなかに相手を殺したくないという気持ちがあるからだ。

その想《おも》いが、少年の攻撃の矛先《ほこさき》を鈍らせている。

「無駄だ……。おまえたちは俺たちに勝てん。蓬莱さまにもな」

金雀が両手をあわせ、虚《うつ》ろな目で笑う。

鬼の手もとから、幾条もの白い光が迸《ほとばし》った。光は不気味な火花を散らし、蛇のようにうねりながら野武彦に襲いかかってゆく。

「蓬莱だと？　では、これも蓬莱の指示か？」

野武彦が光の蛇の一撃をかわし、鋭く尋ねる。

その背後で、光の蛇が山肌に激突し、生木が裂けるような音が響きわたった。

パッと土くれが飛び散り、霧に湿ったアスファルトに落ちる。

「そう……だ……。ここで、おまえたちを始末しているあいだに……蓬萊さまが高潮を招く。こんな島など……一呑《ひとの》みだ……」

（高潮？）

卓也は、とっさに父の顔を見た。

野武彦が舌打ちする。

「伝承のとおりか。だが、蓬萊の思いどおりになどさせん。卓也、薫君、容赦はするな！ここで手間取れば、この島が沈む！　本気でやれ！」

（殺すのか？　こいつらを？）

一瞬、卓也はためらった。

自分を喰《く》おうと襲ってくる鬼ならば、退治できる。

ただの邪悪な存在ならば、戦うことも躊躇《ちゅうちょ》しなかった。

しかし、金雀と獄王には何か卓也のなかの優しい心を刺激するものがあった。

たとえ、彼らが父に対して逆恨みし、殺そうとしているとしても、蓬萊に操られ、邪悪な存在になっているのだとしても、なぜだか卓也は金雀と獄王を敵として切り捨てることができなかった。

（なんで、普通に退治できねえんだよ……？　敵だろ。やらなきゃ……！）

迷う卓也にむかって、金棒をふりまわしながら獄王が襲いかかってくる。

思わず、卓也はすっと避《よ》けた。

「何をしている⁉　戦え、卓也！」

苛立《いらだ》ったように、野武彦が叫ぶ。

「わかってる！　でも……！」

卓也は、片手で印《いん》を結んだ。

(動きを止めて、封印できねえか)

「無駄だ……」

ぶんと風を切ってふりおろされてくる金棒を、横から白い手がすっと受け止めた。

獄王が無表情のまま、金棒を奪いかえそうとする。しかし、薫はそれを許さない。

肩代わりした野武彦の苦痛に耐えているだけで、かなり消耗《しょうもう》しているはずだが、半陽《はんよう》鬼《き》はそんな素振りは見せなかった。

(薫……)

「おまえは下がれ。こいつらは、俺がやる」

ボソリと、薫が言った。

「え？」

「おまえは手を汚さなくていい」

半陽鬼の瞳《ひとみ》には、酷薄な光があった。彼は、二体の鬼を殺す気だ。卓也には、それがわかった。
（薫……）
「ダメだ！　殺すな！」
とっさに、卓也は声をあげていた。
薫は、無表情に恋人を見た。
次の瞬間、流れるような動作で紫のスーツが動く。
獄王の手から金棒を弾《はじ》き飛《と》ばし、相手の間合いに入る。
すっと白い手が、獄王の額の前に翳《かざ》された。
「急々如律令《きゅうきゅうにょりつりょう》！」
美しい声が響きわたった。
獄王の身体《からだ》が硬直し、動かなくなった。鬼の身体が灰色に変わり、岩のようになる。
（え……？）
金雀が無表情のまま、薫にむかって襲いかかってくる。
しかし、半陽鬼《はんようき》はひらりとかわし、今度は金雀の額に手のひらを翳した。
「急々如律令！」
金雀もまた硬直し、灰色に変わった。
二体の鬼は、百年も前からそこにいたようにじっとして、動かない。

卓也は、薫の顔を見た。半陽鬼《はんようき》は恋人の瞳《ひとみ》を見、小さくうなずいてみせる。

（封印……してくれたのか）

殺すよりも、封印するほうが大きなエネルギーを使う。それでも、薫は卓也のわがままをかなえるため、無理をしてくれたのだ。

こんな時だというのに、卓也の胸が熱くなった。

（薫……ごめん……。オレのために……）

「封じこめたか。……まあ、いい。こっちの邪魔ができなくなれば、それで充分だ」

野武彦が二体の鬼を見、低く呟《つぶや》いた。

〈鬼使い〉の統領は、肩で息をしている。

虫垂炎《ちゅうすいえん》の進行は止まり、痛みも薫が肩代わりしてくれているとはいえ、病気そのものが治ったわけではない。

高熱はつづき、ろくに食事もとっていないせいで、霊力の集中も途切れがちだ。

（親父《おやじ》……）

心配そうな卓也の視線に気づいたのか、野武彦は片頬《かたほお》で笑い、手をのばして息子の頭を軽くポンと叩《たた》いた。

「俺は死なんよ」

（無茶ばっかりして）

卓也は心のなかで、ため息をついた。

「これから、どうするんですか？」

「蓬萊を封じるものは、金山のなかにある。取りに行くしかあるまいな」

「蓬萊を封じるもの……？　なんですか、それ？」

「その昔、世阿弥《ぜあみ》が鬼鎮《おにしず》めのために奉納した扇と能面だ。面のほうは、〈十六夜《いざよい》の面〉というそうだ。扇の名は知らんが」

「世阿弥の扇と面……？　それを取りに行くんですか」

「そうだ。今のところ、ほかに手だてもあるまい」

野武彦は、ポツリと呟《つぶや》いた。

（また金山かよ）

卓也は、薫の白い顔をチラと見た。薫がうなずいてみせる。

（しょうがねえな。早く道具取ってきて、蓬萊封じて、親父《おやじ》を病院に連れ戻そう。薫も早く休ませてぇし）

「わかりました」

それだけ言うと、卓也は懐剣《かいけん》を鞘《さや》に納めた。

＊　　＊

三人は、崩れた六白坑《ろっぱくこう》ではなく、その隣にある泰山坑《たいざんこう》に入っていった。

坑道のなかは、強い妖気《ようき》が渦巻いている。そこは、ほとんど異界である。

(寒いな……)

天井から冷たい水が滴《したた》り落《お》ちてくる。

卓也は、懐中電灯の明かりを頼りに不気味な洞窟《どうくつ》を進んでいた。

すでに、歩きはじめてから、三十分は過ぎたろうか。

坑道は曲がりくねりながら、どこまでも下っているようだった。圧迫感と息苦しさが忍びよってくる。

(あと、どのくらい歩くんだろう)

卓也は、後ろを振り返った。

懐中電灯の明かりに慣れた目には、野武彦と薫の姿ははっきり見えない。

「お父さん、まだ降りるんですか？」

尋ねた声に、父の返答はなかった。

「お父さん？」

卓也は、首をかしげた。

(具合でも悪くなったのかな)

懐中電灯をふり、父の姿を照らすと、薄暗がりで、いっそう青ざめて見える野武彦の顔が浮かびあがった。

「どうしたんですか、お父さん?」

「薫君がいなくなった」

ボソリと野武彦が言う。

「嘘《うそ》……! 薫が⁉」

(そんなはずねえ……! ありえねえよ!)

卓也の胸の鼓動が一気に速くなる。

「遅れてるのかな……。薫! 聞こえたら返事しろ! 薫!」

闇《やみ》のむこうに呼びかけても、自分の声が木霊《こだま》するだけだ。

卓也は、拳《こぶし》をギュッと握りしめた。

(薫……)

「どうやら、完全にはぐれたようだ」

野武彦は深いため息をついて、あたりを見まわした。

「でも、枝道とかあんまりなかったし……。薫がはぐれるなんて、変だ。オレ、捜してきます」

「いかん。おまえまで行けば、三人ともバラバラになってしまうぞ」

「三人ともバラバラ……？　じゃあ、薫はオレたちから引き離されたんですか？」

「そう考えたほうがいいだろう。この洞窟《どうくつ》は、もう通常の空間ではない。一歩間違えれば、複数の次元の隙間《すきま》に落ちこんで、出られなくなってしまう。……薫君はそういうことはないだろうが、無事に合流するまでには時間がかかりそうだ」

（そんな……！）

卓也は息を呑《の》み、背後を振り返った。

野武彦が手をのばし、息子の白い綿シャツの肩をつかむ。

「卓也」

卓也は、父の手のひらが高熱で汗ばんでいるのを感じた。

（親父《おやじ》……）

できるならば、今すぐにでも薫を捜しに行きたかった。

しかし、こんな状態の父を放《ほう》っておくわけにはいかない。

（どうしたらいいんだ）

卓也は、唇を嚙《か》みしめた。

「本当に……後で合流できるんですか？」

「薫君を信じろ」

野武彦は、短く答える。

その言葉に、なぜだか卓也はカチンときた。

（なんだよ……！　勝手な言い草だな……！　親父《おやじ》は薫のこと、信じてねえくせに！）

「そんな言い方って……！　薫のことが心配じゃないんですか⁉」

「心配しているとも」

押し殺した声で、野武彦が答える。

（嘘《うそ》だ）

卓也は、そう思った。

父が薫のことを気にかけるはずなどない。

自分と薫の関係に反対しているのだから。

卓也が黙りこんでいると、野武彦が苛立《いらだ》ったように口を開いた。

「じゃあ、どうしたいんだ、おまえは？　薫君を信じて、先へ進むか、それとも戻って捜し歩くか？　そうしているあいだに、蓬莱は高波を呼んで、この島は沈むぞ……！」

野武彦は、声を荒らげた。

卓也が薫のことを気づかうのが、面白くないのだろう。

「そんなこと、わかってます！　だけど、薫を見捨てて先へ進む、みたいなのはオレは嫌だ……！」

　父と子は、坑道の薄明かりのなかで睨《にら》みあった。

「こんな時にまで、そんなことを言うのか、おまえは……!? 仕事に私情を持ちこむな！」

「私情を持ちこんでるのは、お父さんだって同じだ！ なんだよ！ 手術しろって言ってるのに、必死に嫌がって！」

「それとこれとは、今は関係ないだろう！」

　野武彦が怒鳴《どな》る。その声は、坑道のなかに響きわたった。

　父と息子は、しばらく黙りこんでいた。

（親父《おやじ》のバカ）

　薫を置いていきたくないのは、彼が自分にとって世界でいちばん大切な相手だからだ。

　しかし、どうしても、それは言葉にできなかった。

　父の前で、同性を愛していると言う勇気がない。

　うすうす勘づいているとしても、はっきりと口にすれば、父は衝撃を受け、悲しむだろう。

　それがわかっていればこそ、卓也は言えなかった。

「お父さんは勝手だ」

ポツリと呟《つぶや》いて、卓也は目を伏せた。

「バカが。人の気も知らんで……！」

野武彦は、苦虫を嚙《か》みつぶしたような顔になった。

「だいたい、おまえは…… なんだ。不二子たちに言われれば、看護婦の格好もするのか⁉」

「あれは、お父さんを助けるためって言っただろ！」

「うるさい！　口答えをするな！」

大声を出してから、野武彦は目眩《めまい》をこらえるように壁につかまった。

(親父《おやじ》……)

あらためて、父の体調の悪さに気づいて、卓也はため息をついた。

どこか近くで、水の滴《したた》り落《お》ちる音がする。

坑道の外は、もう昼くらいになったろうか。

「お父さんは…… はぐれたのがお母さんとか姉ちゃんたちの誰かでも、同じこと言うのか？」

卓也は、ポツリと尋ねた。

長い沈黙の後、野武彦が答える。

「言えなければ、統領は務まらんよ。上に立つ者が私情に走っては、部下たちがついてこなくなる」

（だったら、オレ、統領になんかなりたくねえ）

心のなかで呟《つぶや》いた卓也の声を聞いたように、野武彦が言った。

「〈鬼使い〉たちのなかには、俺に何かあった時には、統領の息子にしか従いたくないという者がいる。たとえ、望まなくとも、それがおまえの運命だ。将来、重い責任を負うからこそ、みながおまえの行動を見守り、許してきたことを忘れるな」

（オレの運命……）

肩にずしりとのしかかる重みを、卓也は初めて意識した。

名門、筒井家の一員として、多くの特権を当然のように利用し、七曜会の会長とも親しく話すことを許されてきた。

だが、その特権のむこうには重い責任が待っていたのだ。

それを投げ捨て、薫を選んだら、自分はいったいどうなってしまうのだろう。

初めて、卓也はそう思った。

（オレ……家を捨てたら、どうなっちまうんだろう）

果たすべき責任に背をむけ、自分勝手な行動をとったら、〈鬼使い〉である父も姉たちも自分を許さないかもしれない。

もう家には戻れなくなる。

卓也の脳裏に、病院で再会した自分と家族たちの様子が甦《よみがえ》ってきた。

他愛《たあい》のない会話と、そこに流れる温かな空気。

薫を選ぶということは、それを断ち切るということでもあるのだ。

(一人ぼっちになっちまうんだ……)

頼る者もなく、帰る家もなく、ただ一人、恋人の存在だけをささえにして。

薫がいれば、それでいいと思っていた。

全世界が敵にまわっても、薫さえ側《そば》にいてくれれば。

しかし、薫との絆《きずな》にそこまで信を置いていいのだろうか。

卓也は、迷っていた。

この坑道に充満する妖気《ようき》と、闇《やみ》と、幾世代にもわたって積み重ねられてきた怨念《おんねん》のせいだろうか。

陽《ひ》の光の下を歩く時には、考えもしなかったようなことが頭に浮かんでくる。

この場所は、人の心の弱い部分を増幅し、不安を煽《あお》りたてるようだ。

(オレ……一人になっちまう)

初めて、そう思った。

七人姉弟《きょうだい》の末っ子に生まれ、両親と居候《いそうろう》の叔父のいる温かな家庭で可愛《かわい》がられながら育った卓也にとって、世界は常に光と温《ぬく》もりに満ちていた。

自分がすべてを失い、永遠に一人ぼっちになることなど、一度たりとも考えたこともなかった。

二年ほど前の香港《ホンコン》で、卓也は父と叔父の意向に逆らい、薫と二人で逃亡する道を選んだ。

あの時、一度は家族を捨てる覚悟はした。

けれども、卓也には家族を捨てることの意味が、本当にはわかっていなかったのかもしれない。

(何もかもなくしちまうんだ……)

この時、ようやく卓也は気がついたのだ。

自分の未来に待つかもしれない孤独と、薫の孤独がひどく似ているということに。

(あいつは、こんな気持ちだったんだ……)

いや、薫の孤独は薫にしか理解できないだろう。

同じ人間でない以上、同じ気持ちにはなれない。

それでも、初めて、卓也は我が身にふりかかる問題として、薫の孤独を想《おも》ったのだ。

(薫……)

薫だけは、何があっても自分を見捨てないと信じられるなら――。

しかし、今の卓也には、そこまでの確信は持てなかった。

妖気《ようき》が心の弱さを増幅する。

(もしも、薫がオレを捨てたら……オレ、一人ぼっちになっちまう)

普段なら、そんなことは考えもしないのに、心のいちばん奥底から迷いと不安が立ち上ってきて、消えない。

「行くぞ」

野武彦がもう一度、卓也の肩を叩《たた》き、坑道を下りはじめる。

卓也はどうしていいのかわからないまま、重い足どりで父の後から歩きだした。

第四章　去る者の名

筒井卓也《つついたくや》が迷っていた頃、篠宮薫《しのみやかおる》もまた、坑道を満たす妖気《ようき》に惑わされ、道を見失っていた。

苦痛をこらえる足どりは鈍く、鬼火に照らしだされた顔は蒼白《そうはく》だ。

いつの間にか、岩のあいだから白い霧が湧《わ》きだし、薫を包みこんでいる。

半陽鬼《はんようき》の周囲には、青白い鬼火が点《とも》っていたが、その明かりはぼんやりと足もとを照らすだけだ。

（はぐれたか……）

「卓也！」

闇《やみ》のむこうにむかって呼びかけても、返事はなかった。

卓也の気配も、野武彦《のぶひこ》の気配も感じられない。

薫は小さなため息を一つつくと、紫のスーツの懐《ふところ》から二枚の金属を重ねた呪具《じゅぐ》をとりだした。

金属板の下のほうは四角く、上のほうは円い。円い金属板は、ちょうどＣＤくらいの大きさだ。円い板の中央には軸《じく》がついており、それを中心に二枚の金属板をまわせるようになっていた。軸の上には、小さな方位磁石が埋めこまれている。磁石の周囲には、北斗七星を象《かたど》った七つの円い点が刻みこまれていた。両方の板の表面には、八卦《はっけ》の印《しるし》や干支《えと》、星の名前などが細かく描かれている。

鬼八卦専用の呪具《じゅぐ》、鬼羅盤《おにらばん》。

これを使えるのは、鬼の血をひく者だけである。

いつもは軽い鬼羅盤だが、今日は薫の手に重く感じられた。痛みが体力を奪っているのだ。

少しぎこちない手つきで鬼羅盤を操作しながら、薫は前に進みはじめた。

どのくらい、坑道のなかを歩いていたのだろう。

ふと、薫は道のむこうに卓也の霊気を感じた。どうやら、同じ空間に戻ってきたらしい。

（あともう少し……）

そう思った時、ゆらり……と坑道のなかの空気が揺れたようだった。

鬼羅盤の二枚の板が、ひとりでにまわりはじめる。

（な……に……⁉）

ふいに、薫は大きく目を見開いた。

あの激しかった痛みが、急に消えたのだ。嘘《うそ》のように身体《からだ》が楽になる。

しかし、それとは裏腹に、薫の胸の鼓動が速くなる。

（まさか……）

あの痛みは、野武彦の痛みだ。

それが消えたということは、もしや、野武彦の身に何か起きたのではないだろうか。

薫は、冷たい手で心臓を鷲《わし》づかみにされたような気がした。

突然の喪失《そうしつ》。

これと同じ感覚を、二年ほど前にも感じたことがある。

（あの男の時と同じだ……）

薫の脳裏に、一人の男の姿が浮かびあがってくる。

オールバックにした銀の髪、大理石のように白い肌、酷薄な美貌《びぼう》。肩幅の広い、痩《や》せた身体を包む、漆黒《しっこく》のスーツ。スーツのなかには黒いシャツを着ている。ネクタイはしていない。

身長は百九十五センチ。決して背の低いほうではない薫よりも、なお背が高い。

冷たく整った顔は、どこか病的で神経質な印象をあたえる。

篠宮京一郎《きょういちろう》。

薫と透子《とうこ》の父であった男。かつて所属していた七曜会《しちようかい》を敵にまわし、実の娘を呪具《じゅぐ》として、鬼道界《きどうかい》を滅ぼそうとした退魔師。

憎い父だった。

傲岸《ごうがん》で身勝手で、我が子さえも鬼を滅ぼすための道具にしようとした非情な男。

互いに憎みあいながら、時には本気で殺しあいまでした相手。

けれども、薫にとっては、ただ一人の父親である。

その父が鬼道界の王、羅刹王《らせつおう》に戦いを挑んで死んだのは、西新宿《にししんじゅく》に忽然《こつぜん》と現れた幻の桜の巨木の下だった。

薫のなかで、父の死という出来事はまだ終わっていない。

永遠に終わらないのかもしれない。

戦う相手を道半ばで失って、想《おも》いは空回りする。

(俺が殺すはずだったのに)

さしのばした薫の手は、もう永久に京一郎には届かない。

薫自身、気がついていないが、ずっと父に愛されたいと願っていたのだ。

皮肉なことに、京一郎は、死の間際《まぎわ》に己の過《あやま》ちを認め、我が子たちへの愛情を取り戻して逝《い》ったのだが。

京一郎は羅刹王の残酷な戯《たわむ》れに惑わされ、鬼の妻が自分を捨てて去ったと思いこんで、鬼の血をひく我が子たちにとりかえしのつかないことをしてしまった。
十数年もの長きにわたって、酷《むご》い行為を積み重ねた。
それは、今さら謝って帳消しにすることはできない。
だから、京一郎は薫と透子にわびるかわりに、羅刹王と戦って倒れたのだ。
薫と透子の未来に、自分はいらない。
それが、京一郎の出した結論だった。
死ぬことだけが、父として最後にしてやれることなのだと信じて、彼は逝《い》った。
だが、薫がそれを知ることは永遠にない。
父と子の手は、すれ違ったまま、今なお虚空《こくう》をさまよう。
（まさか……）
薫は痛みの消えた腹部を押さえ、あたりを見まわした。
こんなところで、卓也の父を死なせるわけにはいかない。
いや、卓也のためだけではなかった。
薫はなぜだか、どうしても野武彦に死んでもらいたくなかったのだ。
理由はわからない。
ただ、置いていかれたくなかった。
二度と、あの喪失感《そうしつかん》を味わいたくない。

「筒井さん！」

(頼むから……死なないでくれ)

美貌《びぼう》の半陽鬼《はんようき》は濃い妖気《ようき》のなかを、必死に走りだした。

胸の奥の深いところで、誰かが笑う。

――人を信じるなと教えたろう。人は、やがて、おまえを置いて去る。

薫は、唇を嚙《か》みしめた。

(そう。あなたも去った)

――強くなれ、薫。一人でも生きていけるように。

(相変わらず、身勝手なことばかり言う)

薫が心のなかで言い返すと、相手はふっと黙りこんだ。

半陽鬼は舌打ちし、鬼羅盤《おにらばん》を見下ろした。

このわずかな時間で、卓也の霊気を感じた場所から、遠く隔《へだ》たった場所に移動しているのがわかる。

(卓也……！　筒井さん……！)

しだいに濃くなる妖気が、薫のまわりを取り囲みはじめる。

やがて、薫は走るのをやめた。

行く手に、ぼんやりと怪しい光が点《とも》っている。

目を細めて見ると、光のなかに誰かが立っているのがわかった。

(誰だ……?)

薫は、ゆっくりと近づいていった。

＊　　＊

そこは広い洞窟《どうくつ》だった。

高い天井から、幾筋もの白い陽光が射《さ》しこんでいる。

だが、それは陽《ひ》の光のはずがなかった。地底深いこんな場所に射しこむ陽光など、ありはしない。

坑道の闇《やみ》に慣れた目に、その光は眩《まぶ》しかった。

壁際《かべぎわ》には丸太で足場が組まれ、石の床には排水のための溝が掘られている。

洞窟のそこここに白い石英脈が走り、そのなかに金銀を含む黒い縞《しま》が浮かんでいる。

だが、薫の目には洞窟のなかの様子は何一つ映らなかった。

見えるものは、ただ一つ。

幻の陽の光を浴びて立つ、痩《や》せて背の高い姿だけだ。

オールバックにした銀髪、塩のように白い肌、漆黒《しっこく》のスーツをまとった身体《からだ》。

（まさか……）

彼は、この世にあった時には、篠宮京一郎と呼ばれていた。

銀髪の退魔師は、無表情に息子をながめている。

（なぜ……おまえがそこにいる？）

半陽鬼《はんようき》は、顔色一つ変えなかった。

しかし、その美しい胸は早鐘のように鳴っている。

「迷って出たか」

ボソリと言うと、京一郎は薄く笑ったようだった。

「俺をこの世に引き留めているのは、おまえだ」

「そんなことをした覚えはない」

「いいや。おまえがやっているのだ。……そんなに俺が憎いか、薫？」

ささやくような声には、ありとあらゆる感情がこめられている。

薫は思わず、たじろいだ。

胸の奥に、甦《よみがえ》ってくる光景がある。

晩秋の東北。山奥の一軒家だ。

時おり、風が窓の障子《しょうじ》をカタカタ鳴らしている。

窓の外では、冷たい雨が降っていた。

火の気のない部屋は寒かった。

風が吹きこむたびに、天井からぶらさがった裸電球がゆらゆら揺れる。

薫が十一歳の時だった。

彼は、怒りと憎悪《ぞうお》に我を忘れそうになっていた。

華奢《きゃしゃ》な身体《からだ》を包む紫のスーツは乱れ、白いスタンドカラーのシャツのボタンは外れ、むきだしの胸が寒かった。

「透子には手を出すな」

喉《のど》の奥から絞りだした声に、ゆらり……と京一郎が立ち上がった。

その姿は、あの頃の薫の目には、巨大な黒い山のように見えた。

父と子は、寒々とした部屋で睨《にら》みあった。

その日、透子はそこから遠く離れた部屋にいたので、兄と父の争いには気づいていなかった。

雨の音、風の音、互いの押し殺した呼吸の音。

やがて、京一郎がクククッと笑いだした。

今まで一度も聞いたことがない、嫌な笑いかただった。

薫の胸に、かすかな不安が忍び寄る。

「年々、おまえの母親に似てきたな」

喉《のど》にからんだような声で、父がささやいた。

彼は、めずらしく酔っているようだった。

酒に呑《の》まれてでもいなければ、いなくなった妻のことを口に出すような男ではなかったろう。

薫は、無表情に父の顔を見上げた。

あの時、何を言えばよかったのだろう。

どんな言葉を吐けば、父は自分を許してくれたのだろう。

「…………」

ふいに、京一郎の瞳《ひとみ》が酷薄な光を宿すのを、薫はただ見つめていた。

大きな手がゆっくりとのび、薫のシャツの衿《えり》もとをつかむ。

「来い、薫」

力ずくで畳に引き倒され、反射的に薫は抗《あらが》った。

それが、かえってよくなかったのかもしれない。

「透子を守りたいのだろう？」

脅迫するように父が言う。

それは、薫を支配する唯一絶対の呪文《じゅもん》だ。

薫は真っ黒な目を見開き、ふっと身体《からだ》の力をぬいた。

そうすることしかできなかった。
抗《あらが》えば、父は透子に何をするかわからない。
自分一人だけならば、目の前の男を殺して、地の果てまでも逃げたろう。
けれども、薫は一人ではなく、透子を守れるのは世界じゅうで彼だけだった。
(透子……)
ビリッ……。
鋭い音をたてて、シャツが引き裂かれる。
「女の真似《まね》は嫌か」
まぢかに顔をよせ、父がささやく。
その息のなかに憎しみと欲望が匂《にお》う。
十一歳の薫は無言のまま、顔をそむけた。
遠い記憶は、今でも薫の胸の奥底に苦い澱《おり》のように淀《よど》んでいる。
(憎いかだと?)
美貌《びぼう》の半陽鬼《はんようき》は、洞窟《どうくつ》のなかに立つ父をまっすぐ見据えた。
いっそ「自分の胸に訊《き》け」と言ってやりたかった。
苦い想《おも》いがこみあげてくる。
「何をしに出てきた?」

「しばらく会わないあいだに、ずいぶんな口をきくようになったな、薫」

冷ややかな声で言うと、銀髪の退魔師はゆらり……と前に出た。

生前と何一つ変わらない強烈な霊気が、薫を圧倒する。

(まるで、生きているようだ)

「生きているとも。……この空間ではな。私は死んでいない」

薫の心を読んだように、ククッと京一郎が笑う。

「……おまえは死んだ」

「それは、別の次元での話だ。ここでは、私は生きつづけ、おまえを狩っている。おまえが生きているかぎり、私も死なない」

京一郎の言葉に、薫はわずかに目を細めた。

ありえないと思う心とは裏腹に、肌に感じる気配は生者《せいじゃ》のもの。

薫が普通の人間の少年であれば、この時、全身が粟立《あわだ》つのを感じていたろう。

(俺が生きているかぎり……死なない？)

まるで、呪詛《じゅそ》のような言葉だ。いや、呪詛そのものかもしれない。

(消えないのか？)

ずっとまとわりつく気だろうか。

「何が目的だ？」

「忘れてほしくないのだよ」

優しいとさえいえる声で、銀髪の退魔師はささやく。

近づいてくる京一郎の顔はデスマスクのように白く、二つの目はぽっかりとあいた暗い穴のようだ。

「俺を忘れるな、薫」

「来るな」

薫の白い手が、ふわりとあがった。舞のように優美な動作だった。

ビシュッ！

京一郎の肩口に、風の刃《やいば》が襲いかかる。

しかし、カマイタチはぎりぎりのところで弾《はじ》かれた。

すっとあがった京一郎の手が、印《いん》を結ぶ。

ビシュッ！

ほぼ同時に、薫の顔にむかって退魔師の霊気が走る。

美貌《びぼう》の半陽鬼《はんようき》は横に避《よ》けて父の攻撃をかわしたが、切り裂かれた漆黒《しっこく》の髪が一筋、はらりと散った。

「そんな程度の技で、この私を止められると思ったか」

「くだらんことを」

吐き捨てるような口調で、薫は言った。
京一郎の術にはまったのだろうか。
半陽鬼《はんようき》は自分でも理由がわからなかったが、無性に腹が立っていた。
突然、置いていかれて、そろそろ丸二年になろうとしている。
(今さら何を言いに来た?)
薫は、流れるような動作で前に出る。
距離をつめ、父の腕をつかもうとする。
京一郎は薄く笑って、逆に薫の手首を捉《とら》えた。
「…………!」
その手は温かい。死者のものとは思えない。
二年の時間が溶けてゆく。
薫は腕に力をこめ、京一郎の手をふりほどこうとした。
しかし、銀髪の退魔師はそれを許さない。
父と息子は、互いに睨《にら》みあった。
「俺に会いたかったか?」
揶揄《やゆ》するような口調で、京一郎が尋ねる。薫は、答えなかった。
「会いたかったと言ってみろ」

「会いたくなどない」

美貌《びぼう》の半陽鬼《はんようき》は、低く答える。

「嘘《うそ》をつけ。俺に言いたいことがあるのだろう」

(言いたいことだと？)

薫は、形のよい眉《まゆ》をひそめた。

そんなものはなかった。ないはずだ。

息子の沈黙をどうとったか、京一郎は唐突に話題を変えた。

「透子は、結局、黒鉄《くろがね》公子のところに行くか。あれに鬼道界《きどうかい》の王妃が務まると思うか？」

薫は、「おまえにはもう関係はないはずだ」と瞳《ひとみ》だけで答える。

京一郎は塩のように白い顔で、ニヤリと笑った。

「関係ないと思うのか？　俺がおまえたちの父親だ。おまえが認めようが、認めまいが、血の絆《きずな》は消えん」

「もう死んだくせに」

薫は父の腕をようやくふりほどき、後ろに飛びすさった。

半陽鬼の白い手首に、くっきりと赤く手の痕《あと》が残る。

「俺がいなくなって二年か。筒井卓也とうまくやっているようだな」

京一郎は、どことなく懐《なつ》かしげな表情で、卓也の名を口にする。

生前、彼は卓也とは表面的なつきあいにとどまった。

だが、息子があの〈鬼使い〉の少年を誰よりも大切に想《おも》っていることは知っていた。

薫を傷つけようと思えば、誰を狙《ねら》えばいいのかも。

「殊勝にも、喰《く》わずに我慢しているというわけか。ずいぶんと大事にしているものだな。むこうも、おまえに喰われてもいいと思っているようだが、どうだ？　つらくはないか？」

「…………」

「つらいはずだ。おまえは、いつか道を踏み外す」

呪詛《じゅそ》のような言葉が、洞窟《どうくつ》のなかに響きわたる。

薫は、答えなかった。

「俺の人生を見たろう。おまえも、いつかああなる。俺の子だからな」

乾いた声で、京一郎は笑った。

その笑い声は、しだいに勝ち誇ったような嘲笑《ちょうしょう》にかわってゆく。

「そうなるくらいなら、死ぬ」

冷ややかな声音《こわね》で、薫は答えた。

「では、今、死ね」

京一郎は、すっと手をあげた。その手のひらから、紅蓮《ぐれん》の炎が迸《ほとばし》る。

薫は、素早く避《よ》けた。

哀れむような瞳《ひとみ》で父を見、何も言わない。

「その目だ。……その目が俺を責めている。俺が憎いか、薫。俺がおまえにその身体《からだ》と命をくれてやったのだぞ。俺がいなければ、おまえもこの世に生まれてはいない」

京一郎の手のひらから、再び紅蓮《ぐれん》の炎が噴きだし、薫を襲った。

美貌《びぼう》の半陽鬼《はんようき》は印《いん》を結び、霊気の壁を作って炎を弾《はじ》く。

「一つ訊《き》きたい」

冷静な声で、薫は言った。

「なんだ？」

「俺の母親は、俺たちを捨てて鬼道界《きどうかい》へ帰ったと教えたな。あれは嘘《うそ》だったのか？」

薫の脳裏には、二年前の新宿《しんじゅく》での戦いが甦《よみがえ》っていた。

西新宿に現れた桜の巨木の下で、むかいあっていた二つの影。

血みどろで、立っているのがやっとだった自分と、羅刹王に操られ、実の息子を殺そうとした父の姿。

――これで終わりにしよう。

残酷な瞳で息子を見つめながら、すっと右手を横に払った京一郎。その手から長く霊光がのび、霊気の剣の形をとる。

霊気の剣は、京一郎の手のなかで金属の剣として実体化した。

——バカな……男だ。

薫の唇から漏れた呟《つぶや》き。

京一郎は無言のまま、息子の上で必殺の武器をふりあげた。

あの時、薫の命は終わっていたはずだった。

しかし、父の剣に胸を貫かれる寸前、一人の女が彼と剣のあいだに滑りこんできた。

黒い中国服をまとった華奢《きゃしゃ》な美女だった。

肌は雪のように白く、長い黒髪を結いあげている。その高貴な面差《おもざ》しは、どことなく薫に似ていた。

京一郎の剣は、止める間もなく女の胸に深々と滑りこんだ。

両手を広げ、薫をかばうようにして京一郎を見据えた女。

彼女の名は、藤子《とうこ》という。

鬼道界《きどうかい》の貴《とうと》い巫女姫《みこひめ》にして、羅刹王の血に遠くつながる女。

薫と透子の母である。

(母さん……)

あの時、薫は母がすでに死んでいたことを悟ったのだ。

父の剣を代わりに受けた女は、羅刹王によって地上に縛りつけられていた心なき亡霊にすぎない。

けれども、あの瞬間、藤子は己の意思を取り戻し、我が子を夫の凶刃《きょうじん》から救った。

薫の胸の奥底に、母の最後の姿が浮かんでくる。

正気に戻った京一郎の腕に抱かれ、ほのかに微笑《ほほえ》む美しい顔。

——子供たちを……お願い……。

そうして、藤子は十数年ぶりに再会する息子をじっと見、その煙《けむ》るような瞳《ひとみ》ですべてを読みとったようだった。

自分が去った後、薫の上に加えられた理不尽な仕打ちも、いわれのない憎しみも暴力も。

どれほどの孤独のなかで生きてきたのかも。

——かわいそうな子……。

そのひとことだけが、薫を抱きしめ、救ってくれた。

あの無惨《むざん》な戦場で。

——透子を……。

それが、藤子の最後の言葉だった。

母の魂魄《こんぱく》は父の腕のなかで散り、永遠に失われた。

結局、薫は二度、母をなくしたのだ。

最初の肉体の死と、二度目の魂魄《こんぱく》の死によって。

(おまえは知っていたのか？　それとも、知らなかったのか？)

薫の問いに、京一郎は一瞬、修羅《しゅら》のような目をした。

己の過《あやま》ちは認めたかもしれない。

羅刹王にたばかられていたことも悟ったかもしれない。

しかし、それを息子の前で肯定することは、今の京一郎にとってさえ難しいことだったのだろう。

「もう死んだ女だ」

「それでも、俺の母親だ」

父と息子は、無言のまま睨《にら》みあった。

どこかで、水の滴《したた》る音がする。

「答えろ」

冷ややかな声で、薫が言う。

「俺に命令する気か？」

ビシュッ！

薫の足もとで、カマイタチが弾《はじ》ける。

美貌《びぼう》の半陽鬼《はんようき》は、一瞬早く飛びのき、責めるような目で父をじっと見た。

京一郎は、薄く笑った。

「嘘《うそ》だ。何もかも嘘だ」

吐き出すように言うと、銀髪の退魔師は唇を噛《か》みしめた。

「俺はおまえを憎んだ。今も憎い。おまえを見ていると、嫌なことばかり思い出す。思い出したくないことばかり頭に浮かぶ。……きっと、あの戦いを生きぬいても、俺はおまえを憎むようになっていただろう」

その言葉には嘲《あざけ》るような響きがあったが、薫の耳には慟哭《どうこく》のように聞こえた。

（泣いている？　この男が？）

美貌《びぼう》の半陽鬼《はんようき》は、形のよい唇をかすかに動かした。

声はなかなか出てこない。

それでも、懸命に今の想《おも》いを言葉にしようとする。

「父さん……」

十数年ぶりにそう呼びかけると、京一郎がカッと目を見開いた。

その顔は、悪鬼《あっき》のそれ。

「呼ぶな！　そんなふうに俺を呼ぶな！」

ビシュッ！　ビシュッ！　ビシュッ！

激しい攻撃が、薫に襲いかかる。

薫は無表情になり、すっと避《よ》けた。

避けることができるのが、不思議だった。

「俺を憎んでいるくせに！　今さら、何が『父さん』だ！　俺はおまえを抱いたのだぞ！　畜生にも劣る真似《まね》をした……！」

京一郎の言葉に、薫は唇の端をあげ、かすかに笑った。

刃物のような笑み。

「もちろん、許すつもりはない」

半陽鬼《はんようき》の全身から、ゆらゆらと妖気《ようき》が立ち上りはじめる。

京一郎は、すっと右手を横に払った。

あの新宿での戦いの時と同じように。

その手のなかから霊光が白くのび、霊気の剣の形をとるのを、薫は黙って見つめていた。

霊気の剣は実体化し、金属の剣に変わる。

「よく言った。それでこそ、鬼の子だ」

酷薄な表情でささやくと、銀髪の退魔師はまっすぐ剣を薫にむけた。

「おまえを殺して、終わりにしよう」

薫もまた、ゆっくりと身構える。

父と子は、地の底で激しく戦いはじめた。

＊　＊

薫の美しい身体《からだ》が、舞うように動く。そのたびに、京一郎の身体から血が飛び散った。

「腕をあげたな。だが、おまえには俺は殺せん」

京一郎が血に濡《ぬ》れた顔で、ニタリと笑う。

右手で剣を構えたまま、銀髪の退魔師はすっと左手をあげた。

その手の上には、いつの間にか白く輝く光の輪が浮いている。

制鬼輪《せいきりん》。

鬼の力を封じる呪具《じゅぐ》である。

薫は制鬼輪を見、わずかに目を細めた。

銀髪の退魔師は、勝ち誇ったような瞳《ひとみ》で息子を見据える。

「これを見るのは、久しぶりだろう。二度と見ずにすむと思っていたか、薫」

「相変わらず、バカな男だ」

呟《つぶや》くような声は洞窟《どうくつ》の冷たい空気に溶け、京一郎の耳には届かない。

次の瞬間、京一郎の左手が翻《ひるがえ》り、制鬼輪が薫にむかって飛んだ。

黒髪の半陽鬼《はんようき》は音もなく飛びすさり、光の輪を避《よ》けようとした。

だが、制鬼輪《せいきりん》の勢いはそれよりも早い。

「……ぐっ……！」

輝く輪は、半陽鬼の美しい額に食いこんだ。

まぎれもない制鬼輪の激痛に、薫はうめき声を噛《か》み殺《ころ》した。痛みは全身を駆けめぐり、負荷に耐えきれなくなった心臓が悲鳴をあげている。

（なぜ……⁉）

これは、幻ではないのか。

自分の心のなかの迷いや不安が形をとったものだとばかり思っていたのに。

（本物の亡霊なのか……⁉）

鋭い痛みの走る胸を押さえ、美貌《びぼう》の半陽鬼はその場に膝《ひざ》をついた。息が苦しい。

（卓也……）

目蓋《まぶた》の裏に、最愛の少年の姿が浮かんだ。

もしかしたら、ここで殺されてしまうかもしれない。

いつも、後に残されるのは自分のほうだと思っていた。卓也を見送る立場なのだと信じていた。

しかし、初めて、薫は自分が先に逝《い》くかもしれないと思った。

もう二度と会えないとしたら――。

（泣くな……）

せめて、彼にそれだけ伝えたかった。

しかし、もう姿勢を保っていることさえ、つらい。

薫は、洞窟《どうくつ》の石の床に片手をついた。

その目の前に、京一郎がすっと立つ。

「バカが」

大きな手がのびてきて、息子の髪を鷲《わし》づかみにする。

力ずくで顔をあげさせられ、薫は懸命に父の目を睨《にら》みあげた。だが、苦痛で視界が曇る。父の顔がはっきり見えない。

「俺に勝てると思っていたか」

銀髪の退魔師は、酷薄な表情で我が子を見下ろす。

その手のなかには、冷たく光る剣が握られている。

「あなたはいつも身勝手で、愚かだった……」

かすかな声で、半陽鬼《はんようき》はささやいた。

その頬《ほお》は蒼白《そうはく》で、額には冷や汗が滲《にじ》みだしている。

もう、京一郎に抵抗する力は残されていない。

しかし、何かに気圧《けお》されたように、死者は剣をわずかに引き、黒髪の妖美《ようび》な鬼を見下ろした。

「俺を殺すなら、好きにすればいい」

「言われなくとも、殺してくれる」

京一郎は、剣をふりあげた。

だが、少年は顔色一つ変えない。

「死ね！」

剣が閃《ひらめ》いた。

ザシュッ……！

左の肩口から斜めに刺さった剣に、紫のスーツの肩が一瞬、揺れた。

少年の身体《からだ》は、そのまま仰向《あおむ》けに倒れこむ。

肩の傷から流れだす鮮血が、あたりを真っ赤に染めてゆく。

「薫……？」

京一郎は力をこめて剣を引きぬき、呆然《ぼうぜん》と息子の姿を凝視した。

力を失っていく漆黒《しっこく》の瞳《ひとみ》と、京一郎の眼差《まなざ》しは一本の糸で結ばれたようだった。

「なぜ抵抗しない⁉　なぜ、あっさりと死のうとする⁉　薫！」

銀髪の退魔師は息子の傍《かたわ》らに膝《ひざ》をつき、その蒼白《そうはく》な顔を凝視した。

薫は何も言わず、黙って血まみれの手を父のほうにさしのべた。

初めて、京一郎の表情に動揺の色が現れた。

「薫……」

ささやく声には、今までの彼とは違った響きがある。

男の手から、剣が落ちた。

「薫！」

京一郎は腕のひとふりで薫の制鬼輪《せいきりん》を弾《はじ》き飛《と》ばし、倒れた身体《からだ》を抱き起こした。

「なぜ、俺に殺されようとする⁉　おまえのなかで、俺は悪者のままか⁉」

父と子の脳裏に、遠い記憶が甦《よみがえ》った。

花のなかで、五歳くらいの幼い薫を抱えあげ、勢いよくふりまわす若い日の京一郎。

声をあげて笑う黒髪の幼子。

それは、藤子が薫たちのもとからいなくなる数か月前の出来事だ。

父と子が幸福だった最後の記憶。

「俺を殺せ、薫。俺が憎いだろう。憎いはずだ。おまえに殺されても文句は言えん。俺はそれに値《あたい》することをした。わびるつもりもない。わびたところで、おまえの記憶から俺のやったことを消すことはできん。俺がいなくなるのがいちばんいい。そうだろう？　何か言え……！　俺を置いて死ぬな、薫！」

父の言葉に、半陽鬼《はんようき》は青ざめた唇で苦笑したようだった。

「相変わらず……わがままだ」

殺せと言いながら、自分を刺したくせにと薫は思っているらしい。

「ああ、俺はわがままだ。身勝手な男だ。だが、俺は俺なりに、おまえと透子のためにがんばった。それだけは覚えておいてくれ。おまえは感謝しないかもしれない。感謝してほしいとも思わん。憎まれても本望《ほんもう》だ」

京一郎は息子の身体《からだ》をギュッと抱きしめ、血に濡《ぬ》れた紫のスーツの肩に顔を押し当てる。

薫は、物言いたげな目になった。

しかし、何も言わない。

半陽鬼は父と激しく戦いながらも、そのむこうに何かを感じていたのだ。

憎しみだけではない、ねじれ曲がった感情が視《み》える。

そのねじれを解いてみれば、どこの親子にもある、ありきたりのものがそこに現れる。

あまりにも平凡で、ありふれた想《おも》い。

しかし、それはかけがえのないものだ。

薫は、自分には無縁のものと思いこんでいた温かさがそこにあった。

原形をとどめないほど変質し、ひどくわかりにくくなってはいたが、父もまた彼なりのやりかたで自分を愛していたのだ。

そう気がついた時、薫は戦うのをやめた。

（父さん……）

血に濡《ぬ》れた左手があがり、京一郎の黒いスーツの背をそっと抱く。

「薫……⁉」

京一郎の目が見開かれる。

「もう……いい」

薫がささやく。

その一瞬、銀髪の退魔師は怒りとも悲しみともつかない目をした。

「こんなことで、俺の心がわかったと思うな、薫」

「はい」

「俺は、修羅《しゅら》の道に生きて死ぬ。……だから、おまえも生涯かけて、俺を憎め。俺は成《じょう》仏《ぶつ》するつもりはない。地獄で幾万年、炎に焼かれる覚悟はできている。藤子と初めて会った時から、いつか、こうなるような気がしていた」

話しつづける京一郎の全身がぼーっと金色に光りはじめた。

光はしだいに強く、眩《まぶ》しくなる。

まぢかで見つめる薫の瞳《ひとみ》は強い光を浴びて、さらに闇《やみ》の色を深めたようだった。

金色の光のなかで、京一郎は息子の顔をのぞきこんだ。

「だが、俺はおまえの幸福を祈っているぞ。地獄で炎に焼かれながら、四肢を引き裂かれながら、血の池でもがき苦しみながら、永久におまえと透子のことを祈っている」

そのまま、京一郎の姿は光に溶けるようにして消えていった。

あたりは、シンと静まりかえっている。

「最後の最後まで、面倒《めんどう》をかける男だ」

ボソリと呟《つぶや》いて、薫は立ち上がった。

左肩の傷は、京一郎が消えたとたん、幻のように癒《い》えている。

薫は一度だけ、自分のスーツの左肩にそっと触れた。

消えた傷をいとおしむように。

もう二度と、会うことはないだろう。

(俺は、あなたのようにはならない)

胸のなかでそう呟くと、薫はゆっくりと前に歩きだした。

＊　　＊

筒井野武彦は、妖気《ようき》のなかを懸命に下っていた。

再び、焼けつくような痛みが戻りはじめている。

薫と離れすぎたため、彼の鬼骨法《おにこつぽう》の効果が薄れているらしい。

(このままでは、倒れるかもしれんな。まずい……)

チラと野武彦は後ろを振り返った。

そこには、懐中電灯を手にした息子のぼんやりとした影がある。

(卓也……)

何か言おうとした時だった。

ふいに、思いつめたような様子で卓也が口を開く。

「あの……お父さん、オレ、やっぱり戻っていいかな……」

「戻るだと?」

「だって、薫のこと、心配で……」

(なんだと⁉)

怒鳴《どな》りたい気持ちを抑えて、野武彦は息子を凝視した。

懐中電灯の光に照らされた少年の顔には、苦悩の色があった。

「卓也……」

野武彦は痛みをこらえながら、静かに言った。

「おまえは、自分が何を言っているのか、わかっているのか?」

父であり、〈鬼使い〉の統領である自分の命令に逆らい、任務を投げ捨て、恋のために走りだしていこうというのか。

(俺を見捨てて)

野武彦の胸の奥に、失望が広がっていく。

父のそんな気持ちに気づいたのか、卓也は目を伏せた。

妻に似たその顔は、光の加減で少女のように頼りなげに見える。

「ごめんなさい、お父さん」

(本気か？)

一瞬、野武彦は息を呑《の》んだ。

繰り返された悪夢が今、現実になろうとしている。

引き留めなければと思うのに、声が出なかった。

卓也は深々と頭を下げ、父に背をむけ、闇《やみ》のむこうに戻ってゆく。

(おまえという奴は……！)

ちぎれそうなほど唇を強く嚙《か》みしめ、野武彦は息子の後ろ姿から目をそむけた。

熱と痛みに震えながら、ただ一人で坑道の奥深くに降りていこうとする。

「バカが……！」

野武彦は拳《こぶし》を握りしめ、岩の壁を殴りつけた。

鋭い痛みが走り、胸がむかついた。

「くっ……！」

さらに数歩進んで、〈鬼使い〉の統領はよろめいた。

もう立っていられない。

（倒れる……！）

その時だった。

誰かの腕が、野武彦の腕をしっかりとつかみ、ささえてくれた。

野武彦はハッとして、目を見開いた。

いつの間にか、朦朧《もうろう》として、夢を見ていたらしい。

「大丈夫か⁉　お父さん！」

隣で、卓也が心配そうに父親の顔をのぞきこんでいる。

野武彦は弱々しく、あたりを見まわし、息子の顔を見上げた。

「卓也……？」

（俺を置いていったんじゃなかったのか？）

いや、それは現実ではなかったらしい。

この坑道に充満する妖気《ようき》が、野武彦にも影響をおよぼしているようだ。

「やっぱり、休んだほうがいいんじゃねぇのか？　お父さん、さっきから、ふらふらしてるし……。オレ、心配だ」

卓也が、不安げに言う。

「いや……ここで休んだら、立ち上がれなくなる。早く終わらせて、早く休んだほうがいい」

低く答えると、野武彦は息子の腕につかまり、まっすぐ立ち上がった。

「……わかりました」

何かを飲みこむような口調で、卓也が答え、野武彦と一緒に歩きだそうとする。

野武彦は、息子の横顔を見た。

「卓也……いいのか？　薫君を……」

息子は言葉にしたりしないが、本当なら何をおいても篠宮薫を捜しに行きたいはずだ。

野武彦自身、認めたくはなかったが、卓也があの半陽鬼《はんようき》のことを大事に想《おも》っていることだけは否定のしようがない。

(無理をしているのではないのか？)

もちろん、こんな状況で任務を放《ほう》りだし、篠宮薫を捜しに行かせるわけにはいかない。

しかし、じっと耐えている息子が不憫《ふびん》な気がして、野武彦は訊《き》いても詮《せん》ないことを尋ねてしまう。

その問いに、少年は澄んだ目を父にむけてきた。

「大丈夫です。オレ、薫のこと信じてますから」
半分は強がりかもしれない。
それでも、残り半分は本気だろう。
息子とあの半陽鬼《はんようき》の絆《きずな》は、それほどまでに強い。
認めたくはないことだが、篠宮薫との友情が彼を成長させたのだろうか。
「そうか……」
野武彦はポツリと言い、闇《やみ》のむこうに視線をむけた。
「行きましょう」
卓也が父を促し、歩きだす。
(大きくなった……)
胸のなかで、野武彦はしみじみと呟《つぶや》いていた。
いとけない声が、耳の奥に甦《よみがえ》る。
——お父さん、大好き。ずっとずっと側《そば》にいてね。
遠い日、遠い川辺で、しがみついてきた、やわらかな肌の幼子。
あの小さな子供は、もうどこにもいない。
そのかわりに、十九歳の若者が今、野武彦の隣にいる。
(こんなに力が強くなったのか)

いつの間にか、追いつかれていた。

そして、いつか追い越されてゆくのだろう。

息子の成長はどこかもの悲しくて、同時に誇らしい。

(強い子に育った……。ああ、そういえば、あの時も)

小鬼に囓《かじ》りつかれ、泣きもしなかった幼い子供。

あの強さは、今なお卓也のなかで息づいている。

(俺の息子だ。自慢の息子……)

野武彦は焼けつくような腹を押さえながら、それでも片頬《かたほお》で笑った。

いつか、この事件が笑い話ですむようになったら、久しぶりに息子の頭を撫《な》でてみよう。

卓也は、きっと嫌がるだろうけれど。

やがて、二人の行く手にぼーっと青白い光が見えてきた。

光に近づいてゆくにつれて、それが発光する苔《こけ》であることがわかってくる。

卓也が、小さく息を呑《の》む気配があった。

「あ……!」

ほどなく、野武彦の目にもそれは見えるようになった。

幻想的な光のなかに、ひっそりとたたずむ美しい紫の人影。

「薫……!」

ほかの誰にも呼びえない口調で、卓也は彼の名を呼んだ。

美貌《びぼう》の半陽鬼《はんようき》は卓也を振り返り、このうえもなく優しく微笑《ほほえ》んだ。

＊　　＊

薫の笑顔を見たとたん、卓也の瞳《ひとみ》がパッと輝く。

その一瞬、卓也自身は自覚がなかったが、彼の顔は目の前の半陽鬼と同じか、それ以上に美しく見えた。

「無事だったんだな!」

卓也は、弾《はじ》かれたように駆けだした。

(よかった!)

あの長く、つらい時間、卓也は迷いつづけていた。

父に「卓也…… いいのか? 薫君を……」と尋ねられた時も、必死に不安を押し殺した。

それでも、薫を信じようと決めて、前に進んだ卓也だった。

もしも、あの時、薫を捜すために引き返していたら、二人は出会えなかったろう。

永遠に次元の狭間《はざま》をさまようことになっていたかもしれない。

（ホントによかった……）

卓也は薫の前で足を止め、恋人の白い顔を見上げた。

半陽鬼《はんようき》の眼差《まなざ》しには、万感の想《おも》いがこめられている。

生きて戻ることのできた喜びと、隠されていた父の本音に触れた感動、去ってしまった人への追憶。

けれども、それは卓也にはわからない。

「薫……？」

ほのかに藤《ふじ》の花の香りがしたようだった。

（何かあったのか？）

尋ねたかったが、なんとなく訊《き》けないでいると、薫が卓也の白い綿シャツの肩に顔を埋《う》めてきた。

「か……薫……やべえよ」

（親父《おやじ》が……）

父を気にして、押しやろうとすると、半陽鬼がかすかにうめく声が聞こえた。

（え……!? これ、セクハラじゃねえのか!?）

「薫、大丈夫か!? やっぱ、どっか痛《い》てぇのか？ どうしよう。休んだほうがいいのか？」

慌てて、恋人の背中に腕をまわすと、薫がゆっくりと顔をあげた。

その頬《ほお》は土気色《つちけいろ》で、瞳《ひとみ》にも力がない。

「大丈夫だ」

ボソリと呟《つぶや》くと、薫は卓也の腕を外し、野武彦のほうに近づいていった。

野武彦は、紫のスーツの少年をじっと見た。

薫も黙って、〈鬼使い〉の統領の瞳を見返す。

卓也は知らないことだったが、薫が現れた時から、野武彦の痛みは嘘《うそ》のように消えていた。

再び、鬼骨法《おにこつぽう》の力が作用しはじめたのだ。

それは、同時に薫がまた〈鬼使い〉の統領の激痛を引き受けたことを意味する。

「無事だったようだな、薫君」

ポツリと野武彦が言う。

薫は、無言で軽く頭を下げた。

野武彦は深いため息をつき、手をのばして、薫のスーツの肩をぐっとつかんだ。

半陽鬼《はんようき》が少し驚いたように目を見開く。

（親父《おやじ》……？）

卓也もまた、まじまじと父の顔を凝視した。

まさか、父が自分から薫に触れようとは思わなかったのだ。

野武彦は「すまん」と小声で呟《つぶや》き、すっと薫から手を離した。

「時間がない。扇と面を取りに行こう。……今度こそ、はぐれないようにな」

踵《きびす》をかえして歩きだす野武彦の背後で、一瞬、卓也と薫は見つめあった。

触れあったのは、ほんの数秒の出来事だった。

互いに交わす言葉もない。

それでも、見つめあう眼差《まなざ》しの一秒一秒が千の口づけに匹敵した。

(薫……)

半陽鬼《はんようき》が卓也にむかって、このうえもなく優しく微笑《ほほえ》む。

そのまま、野武彦の後から歩きだした。

「行くぞ、卓也。早くしろ」

野武彦が息子を振り返り、声を張りあげる。

「は……はいっ！」

卓也も慌てて、父と恋人の後を追いかけた。

＊　＊

三人で、どのくらい歩いたのだろう。時おり、天井から滴《したた》る水の音が聞こえてくる。

あたりは再び闇《やみ》に戻っていた。

闇を照らしだすのは懐中電灯の明かりと、薫の鬼火だけだ。

(ん？)

ふと、卓也は足を止めた。前を行く父が立ち止まっている。

「何かあったんですか？」

「どうやら、ここだな」

野武彦の声がして、懐中電灯の明かりが動いた。

不安定な光のなかに、小さな石の社《やしろ》と岩の壁が浮かびあがる。

社の前には、小さな赤い鳥居《とりい》があった。

「どこにあるんですか、その面と扇って？」

洞窟《どうくつ》のなかを見まわし、卓也は尋ねる。それらしいものは、見あたらない。

「伝承では石の櫃《ひつ》に入れ、地中に埋めたという話だ。人々は、その上に社を造ったという」

低い声で、野武彦が答える。

「えっと……じゃあ、社壊《やしろ》すんですか？　それって、なんか、まずくないですか？　だいたい、掘ったりする道具もねえし……」

卓也は、眉根《まゆね》をよせた。

「おまえも〈鬼使い〉だろう。霊力でなんとかしろ」

野武彦が、腕組みして言う。

「えー？　無理だよ……じゃなくて、無理ですってば！」

「統領命令だ」

（マジかよ）

卓也は、考えこんだ。

その耳もとに、薫が形のよい唇をよせる。どことなく、艶《なま》めかしい仕草だった。

「チビを使え」

（え……？　チビを？）

卓也は、アーモンド形の目を見開いた。

視界の隅で、野武彦のこめかみに青筋が浮いているのが見える。

（やべ……）

「えっと……ああ、そうか」

ポンと手を打ち、蟹《かに》歩きして薫から離れると、少年は霊力を集中させた。

パッと藤丸《ふじまる》が現れる。

紫衣《しえ》の童子は無表情のまま、卓也を見上げ、その隣の薫を見、最後に野武彦を見た。

野武彦が、憮然《ぶぜん》とした顔になる。

息子と篠宮薫と彼に似た幼い姿の式神《しきがみ》という絵づらが気に入らないらしい。

しかし、卓也にやれと言った手前、藤丸をしまえとも言えないようだ。

「ええと、チビ、ここの地下に扇と面が埋まってるんだ。取ってこれるか？」

卓也は童子の前に屈《かが》みこみ、その顔をのぞきこんで尋ねる。

紫衣の童子は、小さくうなずいた。

「よし。頼んだぞ、チビ」

卓也の声に、紫衣の童子はどこからともなく黄色い小槌《こづち》をとりだした。小槌は、藤丸専用の呪具《じゅぐ》である。

幼い姿の式神は、小槌で石の床を叩《たた》く。

あたりがカタカタと小刻みに揺れたかと思うと、地中から猫ほどの大きさの黄色い竜が現れた。小さくても、凶悪な顔をしている。

野武彦が「ほう」と呟《つぶや》く気配があった。

藤丸が地面を指さすと、黄竜《おうりゅう》は影のように地中に滑りこみ、姿を消した。

ほどなく、黄竜が飛びだしてくる。口に何かをくわえていた。

「すげえ……」

(役に立つな、チビの奴)

卓也は、目を瞬《しばた》いた。

黄竜は卓也の前に着地し、口にくわえていたものを落とすとそのまま消えていった。

岩の上に転がったものを見ると、扇である。

藤丸が扇を拾いあげ、無表情のまま卓也にさしだす。

「扇しかなかったのか?」

主《あるじ》の問いに、紫衣《しえ》の童子は小さくうなずく。

卓也は、薫のほうをチラと見た。薫も、紫のスーツの肩をすくめてみせる。

(なんでだよ……)

卓也は首をかしげながら、扇を受け取り、父にさしだした。

「これしかないみたいなんですけど」

「うむ……。面がないとなると、後世に盗掘された可能性もあるな」

野武彦は、ため息をついた。

「じゃあ、扇だけで鎮《しず》めるんですか?」

「仕方がないだろう。扇だけでも、ないよりはマシだ」

野武彦が、扇を広げてみせた。

赤地に金で細かい唐草の模様が施され、その上に大輪の牡丹《ぼたん》の花が描かれている。

「これが世阿弥《ぜあみ》の扇か……。鬼神が好むという牡丹の花……鬼扇《おにおうぎ》というやつだな」

野武彦が呟《つぶや》き、試すように扇を翳《かざ》してみる。

そのとたん、扇がパーッと白く光った。

(え……⁉)

卓也たちは、息を呑《の》んだ。

あたりが大きく、ゆらゆらっと揺れる。

「何……⁉」

野武彦が何か言おうとする。

それより早く、卓也たちの周囲の光景が溶けるように変化し、虹色《にじいろ》の光の渦《うず》に変わった。

「うわあああああああーっ！」

(吸いこまれる！)

卓也は、思わず悲鳴をあげた。

虹色の光のなかに、身体《からだ》を持っていかれそうだ。

「卓也！」

薫の手が、腕をつかむのをぼんやりと感じる。

だが、それきり、卓也の意識は闇《やみ》に沈んだ。

第五章　鎮魂《ちんこん》の舞

気がつくと、卓也《たくや》は海辺に立っていた。

側《そば》には、薫《かおる》と野武彦《のぶひこ》がいる。藤丸《ふじまる》の姿はなかった。卓也が意識を失った時、彼のなかに戻ったのだろう。

昼だというのに空には黒雲が広がり、沖のほうから次々に高波が押し寄せてくる。

目の前は狭い岩場で、そのむこうは荒れ狂う海だ。

卓也がいる場所は岩場よりも高い位置に造られた海沿いの車道だが、ここまで波飛沫《なみしぶき》が飛んでくる。

左右の海岸線は切り立った断崖《だんがい》で、海中から大小さまざまの奇岩が突きだしている。

台風のような荒波が断崖に打ち寄せ、砕けていた。

激しい雨は一時的におさまっていたが、風の勢いは衰えるどころか、ますます激しくなっているようだった。

「ここ……どこだ？　なんか、台風の実況中継みてぇな……うわっ……すげえ風！　飛ばされちまうよ！」

顔にかかる、やわらかな髪を左手で押さえ、卓也はあたりを見まわした。

「尖閣湾《せんかくわん》だ」

野武彦が、左右の断崖《だんがい》絶壁を見ながら言う。

その傍《かたわ》らでは、薫が漆黒《しっこく》の髪を風に吹き乱されながら、無表情に立っている。

「尖閣湾……⁉」

（えっと……たしか、金山《きんざん》の近くにある湾だよな……。なんで、こんなところまで……？）

野武彦が手のなかの扇を見下ろし、低く呟《つぶや》く。

「どうやら、これが我々を運んでくれたようだな」

「え……？　そうなんですか？」

卓也は、牡丹《ぼたん》の描かれた扇をまじまじと見た。

その時、薫が無言で岩場のほうを指さした。

そこには、人形のように小さな人影が見える。

（なんかいる……？　なんだ？）

卓也は、人影のほうに目を凝らした。

岩場に立っているのは、藁《わら》の烏帽子《えぼし》をかぶり、藁の裃《かみしも》を身につけた人形のように小さな老人——蓬萊《ほうらい》だ。

老人の帯には、笹《ささ》の枝が差してあった。

（よく飛ばされちまわないな。……波に呑《の》まれそうだ）

卓也は、胸のなかで呟《つぶや》いた。

「蓬萊……やはり、ここにいたか」

蒼白《そうはく》な顔で、野武彦が言う。その額には冷や汗が滲《にじ》みだしている。

すでに、体力は限界に近いのだろう。強い風のなかで、野武彦も今にも倒れそうに見える。

（親父《おやじ》……）

卓也は、そっと手をのばし、父の腕をつかんだ。

ゾッとするほど肌が熱い。

危険なほどの高熱がつづいているのだ。

（やべえよ。早くなんとかしねえと）

卓也たちの見守る前で、蓬萊がこちらを振り返り、ニヤリと笑ったようだった。

その身体《からだ》が、見る見る大きくなる。

人形のようだった背丈がのび、子供くらいになり、やがて大人の身長に変わる。

（大きくなりやがった……）

「来たか、退魔師ども」

蓬莱が卓也たちにむきなおり、薄く笑う。

その手には、いつの間にか能面が握られていた。

小面《こおもて》と呼ばれる女面である。

蓬莱の手のなかで、小面は白く浮きあがっているように見える。

「〈十六夜《いざよい》の面〉……！　金山から持ち出したのは、蓬莱か」

野武彦が呟《つぶや》く。

（〈十六夜の面〉……？　あれが……）

卓也は父の顔を見、蓬莱のほうを見た。

「蓬莱、その面を手に入れて、どうする気だ⁉」

「知れたこと。われは〈十六夜の面〉をつけ、波を呼んで、この島を沈め、都に帰るのだ。世阿弥《ぜあみ》の力のこもる面を使い、われを追放した者どもに思い知らせてくれよう。見るがよい。血の波が寄せてくる」

ククク ッと笑うと、蓬莱は能面を高く持ちあげ、自分の顔につけた。

そのとたん、雷鳴が轟《とどろ》きわたった。

蓬莱の身体《からだ》を包む藁《わら》の衣装が、一瞬のうちに金糸銀糸をちりばめた豪華な長絹《ちょうけん》と縫箔《ぬいはく》に変わる。

「来るがよい。この島に来い。波の下に沈め……」

蓬萊が海にむかって笹《ささ》をふる。
そのたびに、海がうねり、不気味なほど持ちあがる。
昼間だというのに、夕暮れのように空は薄暗くなり、雲間で稲光《いなびかり》が閃《ひらめ》いた。
「まずいな」
野武彦が呟《つぶや》き、片手で印《いん》を結んだ。
そのとたん、野武彦の傍《かたわ》らに牛頭鬼《ごずき》が現れる。彼の式神《しきがみ》だ。
しかし、牛頭鬼は不安定に瞬《また》き、すぐに消えてしまう。
「くっ……」
強い風のなかで、野武彦はよろめき、唇を嚙《か》みしめた。
「お父さん！」
卓也は、とっさに父をささえた。
腕をつかんだ指をとおして、野武彦の歯がみするような悔しさが伝わってくる。
いつもの父ならば、たとえ蓬萊のような鬼が相手でも、確実に封印できたろうに。
だが、もう父も限界のはずだ。
(頼む。これ以上、無茶しねえでくれ)
そう思った時、ふと、卓也は波間に何かが蠢《うごめ》いているのに気づいた。
(なんだ……あれ？)

鱗《うろこ》の生えた尻尾《しっぽ》のようなものや、鰭《ひれ》のようなものが重なりあうようにして、ぬめぬめと動いている。

あたりが薄暗いため、その姿ははっきりとは捉《とら》えられない。

しかし、かなりの数の海の生き物が水面に集まってきているようだ。

「お父さん……あれ……」

卓也は、海のほうを指さした。

野武彦が息子の示すほうを見、息を呑《の》んだようだった。

「しまった」

父の顔には、驚愕《きょうがく》の色がある。

「なんなんですか、あれ？」

「和邇《わに》だ」

「ワニ？　でも、熱帯の生き物じゃ……」

卓也は、目を瞬《しばた》く。

「そのワニじゃない。因幡《いなば》の白ウサギの話のあの和邇だ。海の化け物で、漁師たちはあれを見ると船が沈むと言う。学者のなかには鮫《さめ》だという者もいるが、鮫ではない」

野武彦は卓也の手をふりはらって前に出ようとして、ふらつき、その場に膝《ひざ》をついた。

「お父さん！」

「だい……じょうぶだ……」

かすかな声で呟《つぶや》くと、〈鬼使い〉の統領は懸命に顔をあげた。

「和邇《わに》の群れが島を取り囲んでいる。このまま、佐渡《さど》が沈んだら、まずいことになる」

「どうするんですか……⁉」

「全力で止める」

野武彦はささえようとする卓也の腕を再びはらいのけ、扇を握りしめた。

「無茶だ！　お父さんが死んじまう！」

「よく聞け、卓也。これは俺の仕事だ。俺が逃がしてしまった鬼は、俺がこの手で始末をつける。それが統領としての責任だ」

「ダメだ！　絶対ダメ！」

「ええい！　邪魔するな！」

「お父さんは、命とひきかえにして、あいつを鎮《しず》める気か⁉　そんなの、オレは認めねえ！　死ぬのなんか、許さねえ！　絶対嫌だ！」

卓也の頬《ほお》に、涙が伝った。

「泣くな、バカ者が！　男だろう！」

野武彦が怒鳴《どな》る。

その時だった。野武彦の背後に、薫がすっと立った。

（え……⁉）

卓也がハッとするのと、野武彦が危険を察知して振り返るのは同時だった。

薫が、手刀で野武彦の首の後ろを打とうとしている。気絶させるつもりだ。

とっさに、卓也は声をあげた。

「ダメだ、薫！」

薫は、ぎりぎりのところで手を止めた。

野武彦が扇を握りしめたまま、薫を睨《にら》みつける。

「邪魔をする気か」

美貌《びぼう》の半陽鬼《はんようき》は面倒臭《めんどうくさ》そうな表情になって、すっと野武彦の傍《かたわ》らに膝《ひざ》をつき、〈鬼使い〉の統領の耳もとに美しい唇をよせた。

「なっ！　何をする⁉」

野武彦が身を引き離そうとする。

その肩を無理やりつかんで押さえつけ、薫はそっとささやいた。

「術を解きますよ」

「む……」

野武彦は、怯《ひる》んだようだった。

（なんだ？　何したんだ？）

卓也は、目を瞬《しばた》いた。彼には、薫が父の耳に息を吹きこんだように見えたのだ。

(何やってるんだよ、親父《おやじ》と薫……⁉　こんな時にイチャイチャして……！　信じらんねえ！　薫のバカ野郎！)

美貌《びぼう》の半陽鬼《はんようき》は、なんとなく卓也の怒りを感じたのか、憮然《ぶぜん》としたような表情で立ち上がった。

野武彦も眉根《まゆね》をよせた。

その表情が強《こわ》ばる。

「いかん。蓬萊が……！」

野武彦の視線の先には、面をつけたまま、荒れ狂う海にむかって歩きだす蓬萊の姿があった。

小面《こおもて》に覆われた顔の、表情をうかがい知ることはできない。

けれども、その全身から勝ち誇ったような気配が立ち上っている。

蓬萊は波打《なみう》ち際《ぎわ》に近づき、さらに前に進もうとする。

(え……⁉　嘘《うそ》……！)

なんと、鬼の足は波に濡《ぬ》れることはなく、沈むこともなかった。荒れ狂う水面を固い床板か何かのように踏んでゆく。

オオオオオオオオオーン……。オオオオオオオオオーン……。

沖のほうで、和邇《わに》たちが鳴いている。

「待て、蓬萊！」

卓也は立ち上がり、〈藤波《ふじなみ》〉をぬいて波間をゆく鬼にむけた。

「守護獣《しゅごじゅう》 招喚《しょうかん》！ 急《きゅう》々《きゅう》如律令《にょりつりょう》！」

懐剣《かいけん》から、真っ白な炎が噴きだした。

炎のなかから、猪《いのしし》と人間と獅子《しし》の三つの頭を持つ魔鳥、カルラ鳥が現れる。

ギャシャアアアアアアアアアーッ！

鋭い雄叫《おたけ》びが、三つの口からもれた。

カルラ鳥は純白の炎をまき散らしながら、蓬萊にむかってゆく。

しかし、鬼が笹《ささ》の枝をひとふりすると、カルラ鳥は消滅した。

「くっ……！」

卓也は懐剣を落とし、痺《しび》れた手をさすった。なんという蓬萊の妖力《ようりょく》だろう。

(カルラ鳥くらいじゃ、きかねえか……)

傍《かたわ》らで、薫がすっと左手をあげた。その中指にはルビーの指輪がはめられている。

「火竜《かりゅう》招喚、急々如律令」

美しい声が、ボソリと唱えた。

そのとたん、指輪が赤く光り、薫の頭上に小さな赤い竜が出現した。火竜である。

小さな竜は蓬萊にむかって一直線に飛ぶ。
ボボボボボボボボッ！
蓬萊にむかって、風上から火炎放射器でも使ったような炎が噴きつける。
しかし、蓬萊の手が一閃《いっせん》すると火竜は海に叩《たた》き落《お》とされ、波間に消《き》え失《う》せた。
薫が、わずかに眉根《まゆね》をよせた。
「無駄だ。そのようなもので、このわれを止めることはできない」
小面《こおもて》のむこうで、蓬萊が笑ったようだった。
嵐《あらし》はしだいに激しくなる。
雷鳴が轟《とどろ》きわたり、島のあちこちから火柱が立ち上った。落雷だ。
ゴゴゴゴゴゴゴゴゴッ……！
空が鳴り、大地が揺れた。
(このままじゃ、やべえ)
卓也は、とっさに父の手から扇を奪いとった。
「何をする……!?」
野武彦が、声をあげた。
「あいつを鎮《しず》めなきゃ」
どうやっていいのかは、わからなかった。

しかし、なんとかしなくてはならない。

(頼む、オレに力を貸してくれ……!)

世阿弥の扇にむかって祈る。

薫が息をつめ、自分の様子を見守っているのをぼんやりと感じる。

風の音、波の音、雷の音。

身体《からだ》にかかる波飛沫《なみしぶき》を感じながら、卓也は懸命に心を鎮《しず》め、扇の霊気に同調しようとする。

沖のほうでは、蓬萊が波を踏み、笹《ささ》をあげて邪悪なものどもを招いている。

(ダメか……。オレじゃダメなのか)

卓也は、唇を嚙《か》みしめた。

野武彦がそんな息子をじっと見、低く言う。

「遠すぎる」

「え……?　遠すぎるって?」

「もっと蓬萊に近づかなければ、扇は反応しないぞ」

卓也は、高い波のむこうに見え隠れする蓬萊の姿を凝視した。

あんな遠くまで行かなければ、封印することはできないのだ。

しかし、この嵐《あらし》の海に船を出せば、たちどころに転覆してしまうだろう。

（どうしたらいいんだよ……⁉）
その時だった。
薫が左手のほうに走りだす。
（え……？）
半陽鬼《はんようき》の行く手には、陸地に引きあげられた一艘《そう》の小舟があった。漁師の舟だろうか。
（あれを使う気か？　マジで？）
卓也は扇を握りしめたまま、二、三歩、薫のほうに近よった。
半陽鬼が舟を水際《みずぎわ》に押してゆき、恋人を振り返る。
「卓也」
来いというように、美しい漆黒《しっこく》の瞳《ひとみ》が卓也を招く。
（薫……）
その瞳を見たとたん、卓也の迷いは消えた。
薫がそうするというならば、自分もついていかねばならない。
走りだそうとする卓也にむかって、野武彦が叫ぶ。
「俺より先に死ぬなよ、倅《せがれ》！」
「わかってます！」
軽く手をあげてみせ、卓也は薫の待つ舟にむかって駆けだした。

ていた。

＊　＊

同じ頃、両津《りょうつ》総合病院の会議室では、不二子《ふじこ》と五津美《いつみ》、六津美《むつみ》の双子が窓の外をながめていた。

「お父さんとたっくん、大丈夫かなあ」

「薫君がついてるから、大丈夫じゃない？」

「だといいけど」

五津美と六津美が顔を見あわせ、ため息をついた。

会議室のテレビには、時ならぬ台風を実況するニュースが流れている。

日本全国で嵐《あらし》が吹き荒れ、川は増水し、首都圏では大規模な停電騒ぎも起きていた。

「観測史上最大の台風になるらしいね。島の海岸沿いの道路は、通行止めになったそうだ。……もっとも、怨霊《おんりょう》どもがうろついてるから、出歩く奴もほとんどいないけどね」

缶コーヒーを飲みながら、不二子が呟《つぶや》く。

彼女の前には、佐渡の地図が広げられていた。

地図の上には、呪符《じゅふ》や蠟燭《ろうそく》が置かれ、何やら呪文のようなものが書きこまれている。

「佐渡の竜脈《りゅうみゃく》を押さえておけってのが親父《おやじ》の遺言……じゃなくて、命令だよ」

「縁起でもないこと言わないでよ、不二子姉ちゃん！　遺言だなんて！」

「そうだよ！　たっくんの花嫁姿見るまでは、絶対に死んじゃダメなんだからね！」

双子は、こんな時でも騒がしい。

不二子は軽く手をあげ、二人を制する。

「はいはい。わかったよ。あたしが悪かった。……それより、手を貸しな、二人とも」

「何するの？」

「霊力を送るんだよ、金山にね。あそこは無宿人の怨霊《おんりょう》やら何やらで汚れちまってるけど、本来は強い霊気の宿る場所だ。あそこさえ無事なら、佐渡は沈まないよ」

「ＯＫ。がんばろうね、不二子姉ちゃん」

「がんばろう！」

五津美と六津美がニコッと笑う。

筒井《つつい》家の姉妹たちは胸の前で印《いん》を結び、意識を集中しはじめた。

＊　　＊

卓也と薫を乗せた小舟は、一瞬も止まることなく、激しい波の力に翻弄《ほんろう》されていた。

勢いよく持ちあがったかと思うと、ジェットコースターのように一気に十メートルも沈みこむ。

そのたびに、卓也は声にならない悲鳴をあげ、舟端《ふなばた》にしがみつく。

放《ほう》りだされないでいるので精一杯で、とうてい、扇を使うどころではない。

隣にいる薫は舟の揺れは平気らしいが、腹の痛みがひどいのか、脇腹《わきばら》を押さえ、青い顔をしていた。

「愚か、愚か。人間と半陽鬼《はんようき》ごときに、われが調伏《ちょうぶく》できるものか！」

激しい波音のむこうから、不思議とはっきりと蓬萊の声だけが聞こえてくる。

（あの野郎……！）

卓也と薫は、目と目を見交わした。薫が小さくうなずき、櫓《ろ》を漕《こ》ぎはじめる。

舟は、今にも転覆しそうになりながら、少しずつ蓬萊のほうに近づいてゆく。

浜辺では、野武彦がこちらを見守っているはずだが、今の卓也にはもうそれをたしかめることもできなかった。

（親父《おやじ》、オレのほうが先に死んじまうかも。ごめんな。でも、オレ、薫と一緒なら……）

そこまで考えて、卓也は首を横にふった。

弱気になりすぎている。

（オレは死なねえ。生きて、薫と幸せになるんだ。そのために、蓬萊を倒さなきゃ）

やがて、卓也の手のなかの扇がほんのりと暖かくなってきた。

(え……？　なんか、扇が……)
夕暮れのような薄闇《うすやみ》のなかで、扇はぼんやりと光を放ちはじめる。
「反応してる！　反応してるぞ！」
卓也は、扇を目の前に翳《かざ》した。
牡丹《ぼたん》の花が、ぐぐっと大きくなったような気がした。
(え……？)
気がつけば、卓也は一面の牡丹の群生のなかに立っていた。
見知らぬ川辺だった。
雨も風もやみ、青空にはぼんやりと白く名残《なごり》の月が浮かんでいる。
手には、世阿弥の扇が握られていた。
遠くから、謡《うたい》の声が聞こえてくる。
――後《のち》の世を、待たで鬼界《きかい》が島守《しまもり》と、なる身の果《はて》の冥《くら》きより、冥き途《みち》にぞ入《い》りにける。
声に誘われるように、扇が淡く輝きはじめる。
すいと卓也の腕があがった。
自分で動かしたわけではない。
強《し》いて言うならば、扇に動かされたような感覚だ。
(扇が……)

卓也の身体《からだ》は、何かに憑《つ》かれたように動きはじめる。

——玉兎《ぎょくと》昼眠《ひるねむ》る雲母《うんぼ》の地、金鶏《きんけい》夜《よる》宿《しゅく》す不萌《ふぼう》の枝《し》、寒蟬《かんせん》枯木《こぼく》を抱《いだ》きて、鳴き尽《つく》して頭《こうべ》を回《めぐ》らさず……。

謡《うたい》の声は波音を越え、どこからともなく聞こえてくる。

卓也の綿シャツとジーンズが淡く光ったかと思うと、純白の狩衣《かりぎぬ》に変わった。

けれども、卓也はそれにも気づかなかった。それほど強く集中していたのだ。

卓也はすり足で前に移動し、扇を頭上に翳《かざ》す。

舞など知らなかった。

しかし、扇が自然に自分を導いてくれる。

流れるように舞う少年の胸のなかから、雑念が溶け落ちてゆく。

いつの間にか、牡丹《ぼたん》の群生は消え、卓也はもとの舟の上に戻っていた。

波は、いっそう激しく荒れ狂っている。

だが、一瞬も休まず上下左右に揺れる舟の上で、卓也は姿勢を崩さず舞っていた。

それは人間業ではなかった。

いつの間にか、少年の全身から、ゆらゆらと白い霊光が立ち上っている。

霊光に照らされた水面が凪《な》ぎ、しだいに舟のまわりだけ波が静まってゆく。

時おり、波間に蠢《うごめ》く和邇《わに》の暗い姿が見えた。

そして、海上に立って、狂おしく舞う蓬莱の姿が。

蓬莱は、二人の乗る小舟から遠く離れたところにいるはずなのに、卓也の目にはひどく近くに見えた。

薫が櫓《ろ》を漕《こ》ぎながら、ふっと目を細めたようだった。

「蓬莱の面が……」

かすかな声が聞こえた。

数秒遅れて、卓也も薫と同じものに気づいた。

(面が……変わってる)

蓬莱の小面《こおもて》が、溶けるように流れ落ち、その下から般若《はんにゃ》の面が現れる。

それにつれて、蓬莱の衣も変化した。

金糸銀糸を縫いとった優美な長絹《ちょうけん》から、赤地に金の鱗文様《うろこもんよう》が一面にちりばめられた禍々《まがまが》しい長絹へ。

白髪頭《しらがあたま》も、連獅子《れんじし》のような真紅《しんく》の髪に変わる。

伝わってくる気配は、怒りと憎しみに満ちていた。

蓬莱の舞が激しくなるにつれて、舟上に立つ卓也の舞も鬼に呼応するように荒々しくなる。

——恨めしの心や、あら恨めしの心や。人の恨みの深くして、憂《う》き音《ね》に泣かせ給ふとも、生きてこの世にましまさば、水暗き、沢辺の蛍《ほたる》の影よりも……。
謡《うたい》の声もまた、波音を圧して響きわたる。
舞うにつれて、卓也のなかに蓬萊の暗い感情が流れこんできた。
最初に感じたのは、どうしようもない寂しさだった。
孤独で、つらくて、人恋しかった。
そして、見捨てられた自分を哀れむ気持ちと怒りと絶望が襲いかかってくる。
(なんで、誰も助けてくれねぇんだよ……)
寒くて、胸の奥にぽっかりと暗い穴があいている。
——帰りたい。都に帰りたい。
蓬萊は、この島から脱出したくてたまらなかった。
しかし、迎えの舟が来ることは決してない。
卓也は、蓬萊の孤独を我がことのように感じた。
(誰もいねえ……。オレ一人で、こんなとこに流されて、このまま死ぬのか)
すぐ傍《かたわ》らに薫がいたが、今の卓也はそれすら感じることができない。
見えるのは、己の不幸だけだった。
卓也の狩衣《かりぎぬ》が、血のような色に染まってゆく。
それにつれて、舞は鬼神《きしん》のそれに変わっていった。

（誰かに優しくしてほしい。慰めてほしい。誰かいねえのか。……いや、いるわけがねえ。オレは一人で朽ち果てるんだ。誰もオレを助けてくれっこねえ……）

そう思うと、叫びだしそうになる。

舞は、蓬莱と共振する卓也の悲鳴そのものだった。

（憎い……憎い憎い憎い！　死ねばいい！　みんな死んでしまえ！　オレを助けてくれない奴らなんか……！）

波の彼方《かなた》では、蓬莱がやはり絶望と憎悪《ぞうお》にかられ、炎のなかに飛びこんだ蛾《が》のように舞っている。

この時、薫が恋人を見、櫓《ろ》を漕《こ》ぐ手を休めて、すっと立ち上がった。

「卓也」

呼びかけてくる声は低かったが、卓也の耳にははっきりと届いた。

少年のアーモンド形の目が、ハッと見開かれる。

（オレ……今、何を……？）

「蓬莱に引きずられるな」

ボソリと半陽鬼《はんようき》が言う。

卓也は薫に視線をむけ、ややあって、小さくうなずいた。

（そっか。やばかった。同化して、オレまで蓬莱みたいになるところだった）

心を鎮《しず》め、扇にむかって思念を凝らす。

血のように赤かった狩衣《かりぎぬ》が、再び白に戻ってゆく。

――迦陵頻伽《かりようびんが》の馴《な》れ馴《な》れし、迦陵頻伽の馴れ馴れし、聲《こえ》今更に僅《わず》かなる、雁《かり》がねの帰り行く、天路《あまぢ》を聞けば懐《なつ》かしや。千鳥鷗《かもめ》の沖つ波、行くか帰るか春風の、空に吹くまで懐かしや、空に吹くまで懐かしや。

さっきまでとは別の謡《うたい》が聞こえてくる。

卓也は、ゆるやかに舞いはじめた。

舞うにつれ、扇の赤地に牡丹《ぼたん》の花の文様《もんよう》が金の地に藤《ふじ》の花の文様に変わってゆく。

波の遥《はる》か上に、幻のような藤棚が現れた。

その幻は、卓也の胸にいくつもの思い出を甦《よみがえ》らせる。

新しい相棒《あいぼう》と会うため、自宅の応接室に入ったあの日。

初めて出会った美しい半陽鬼《はんようき》。

――鈍いんだな。

年下のくせに自分より優秀で、ルックスがよく、何事にも無感動で言葉の足りない彼に最初、卓也は反発した。

しかし、いくつかの戦いをともに乗り越えるうちに、半陽鬼の無感動の仮面の下にあるものが卓也にも見えてきた。

卓也は、薫を相棒《あいぼう》として信頼するようになった。

そして、九州、高千穂《たかちほ》の鬼の隠れ里で出会った薫の父、篠宮京一郎《しのみやきょういちろう》。

彼の顔だちや傲岸不遜《ごうがんふそん》な態度が、あまりにも薫に似ていて、卓也は戸惑った。

今まで、薫の性格に問題があるのは、鬼の血をひいているせいだと思っていたのに。

人間である父に似ていたのは、衝撃だった。

見るからに血の温度の低そうな男に育てられ、感情の表し方を知らずに大きくなった美しい獣《けもの》。

彼の側《そば》にいてやりたい。少しでも力になってやりたい。

卓也は、そう思うようになった。

しかし、薫は卓也に対して、時おり理解しがたい衝動的な行為をしかけてきた。卓也は、それをすべて嫌がらせだと信じた。

それが鬼としての最上級の愛情表現だと知ったのは、香港《ホンコン》での戦いの時だった。

喰《く》うことが愛。

最愛のものの命を奪い、同化することが究極の悦《よろこ》び。

恐ろしいはずだった。人間には受け入れられない欲望のはずだった。

それでも、香港の場末のモーテルで、卓也は自分から美貌《びぼう》の半陽鬼《はんようき》を抱きしめた。

——薫……オレのこと信じろ。……何があっても、オレはおまえの味方だ。おまえのことを傷つける奴らから……オレが守るから……。

鬼は、泣かない。

それでも、あの時、卓也の全身に深く静かに染《し》みとおってくる半陽鬼《はんようき》の心は泣いていた。

泣いていることさえ、自分でも気づかずに。

卓也は、彼の苦痛と孤独を癒《いや》せるものになりたかった。

それが、最終的に喰《く》われることであったとしても。

――好きだ……。

卓也の唇から、思いもかけなく滑り出た言葉。

あの時、薫のスーツの肩が震えた。

二人の心は、その一瞬、今までにないほどに近づいたのだった。

薫が望みさえすれば、卓也は身体《からだ》を開いていただろう。

いや、喰われることさえ拒《こば》まなかったかもしれない。

けれども、初めて半陽鬼は「喰ってはいけない」と思ったのだ。

そして、子供のように清らかな口づけを残し、卓也の前を去った。

それでも、いくつもの事件を隔て、一度離れた心は再び呼び合う。

――オレのこと、喰わせてやりたいけど……でも、そうしたら、透子《とうこ》さんを助けにいけなくなっちまう……。

その冬、鬼道界《きどうかい》の王、羅刹王《らせつおう》は人間界に侵攻し、東京には戒厳令が敷かれていた。

最後の戦いが迫っていた。

二人きりで過ごせるかもしれない最後の夜だった。

卓也は、薫の胸に顔を押しあて、呟《つぶや》いたのだ。

——だから……薫……。

それは、二人が永遠に子供ではなくなった夜である。

あれからいくつもの夜をともに過ごし、時おり、危機は訪れたけれど、今でもなお二人の手は固く結ばれている。

何があっても、薫は自分を愛しつづけるだろう。

そして、卓也自身もまた。

(そうか……。オレは一人じゃねえ)

そう思ったとたん、卓也の視界が変わった。

＊　＊

あたりは真の闇《やみ》だった。波も尖閣湾も空も消え、卓也は暗闇に一人で立っていた。

(あれ……？　オレ、舟の上にいたはずなのに)

卓也は、アーモンド形の目を瞬《しばた》いた。

側《そば》には、薫も野武彦もいない。蓬萊の姿も消えていた。

ザザッと風が吹き過ぎてゆく。

さっきまでの台風のような激しい風ではない。秋の夜風だ。

潮の匂《にお》いではなく、緑や土の匂いがする。

(ここ……どこだろう？)

足の裏に草の感触がある。

やがて、朧《おぼろ》げにあたりの風景が視《み》えてきた。

そこは、夜の野原だ。薄《すすき》の穂が風になびいている。

空には、いつの間にか黄色い月が昇っていた。

どこか近くで、子供の泣き声がした。

(子供……？　泣いてる……。誰だろう)

卓也はあたりを見まわし、声のするほうに歩きだした。身につけているものは、まだ純白の狩衣《かりぎぬ》のままだ。手のなかの世阿弥の扇は、いつの間にか消えている。

やがて、行く手の草が途切れ、小さな池が見えてきた。

暗い水の上に、一艘《そう》の小舟が浮いている。

小舟の上には、五、六歳の幼子が乗っていた。柿色《かきいろ》の狩衣《かりぎぬ》を着て、真っ黒な髪をおかっぱにしている。愛らしい顔は、涙に濡《ぬ》れていた。

幼子がしゃくりあげるたびに、大粒の涙が頬《ほお》を伝う。

「おーい！　大丈夫かー？」

呼びかけると、幼子が卓也のほうを見、さらに激しく泣き叫ぶ。

「助けて……怖いよう……」

池の岸と小舟のあいだは、さほど離れていない。卓也ならば、ひと飛びで岸に戻れそうな距離だ。しかし、幼い子供の目にとっては絶望的な距離らしい。

(岸に戻れなくて泣いてんのか)

「大丈夫だぞ！　すぐ助けてやるからな！」

卓也は、岸と小舟のあいだを目で測った。

さほど無理をしなくても、簡単に飛び越せそうだ。

(これなら、いける)

そう思った時だった。

池の手前の暗い地面から、いくつもの影がゆるやかに起き上がった。

ゾッとするような妖気《ようき》が吹きつけてくる。

——行かせんぞ。

――こいつは俺たちの獲物だ……。下がれ……。
影はみな着物姿で、頭に角が生えている。五、六体いるだろうか。
(鬼……！)
反射的に、卓也は身構えた。
――そのガキを置いて帰れ……。
「そうはいくかよ！　あんなに泣いてんのに！」
卓也は刀印《とういん》を結び、九字《くじ》を切った。
「臨兵闘者皆陣列在前《りんぴょうとうしゃかいじんれつざいぜん》！」
鬼たちの身体《からだ》に、縦横九本の銀色の筋が走る。
次の瞬間、五、六体の影はパッと砕け、消滅した。
(やったか)
そう思ったのも束《つか》の間《ま》、再び、暗い地面から鬼の影が立ち上がる。
――無駄だ。俺たちは、そんなものでは死なない……。
――何度でも甦《よみがえ》る……。
ククッという笑い声が、夜の野原に流れた。
卓也は唇を嚙《か》みしめ、藤丸にむかって「来い」と心のなかで呼びかけた。
しかし、式神《しきがみ》は現れない。

（やべえ……）

この空間では、藤丸を呼び出すことができないのだろうか。

卓也の背筋に、ひやりとするような感覚が走る。

ひどく、嫌な予感がした。

――どうした、〈鬼使い〉……？

鬼たちが、じわりと距離をつめてくる。吹きつけてくる妖気《ようき》のなかに、血の臭《にお》いがする。

その時、子供の泣き声が大きくなった。

（え……？）

見ると、一体の鬼が小舟に飛び移ろうとしている。

「やめろっ！」

とっさに卓也は、走りだした。手のひらに霊力を集中させ、鬼にむける。

バシュッ！

青い霊光が走った。鬼がパッと砕けて消《き》え失《う》せる。

だが、別な鬼が岸辺から起き上がる。

背後からも、鬼たちの気配が迫ってくる。このままでは、挟み撃ちにあってしまう。

（まずい）

後ろから、鋭い鉤爪《かぎづめ》がふりおろされてくる。

卓也は右手に霊力を集め、横に薙《な》ぎ払《はら》った。鬼の身体《からだ》が弾《はじ》き飛《と》ばされ、空中で爆発したように消え去る。

けれども、倒しても倒しても、きりがない。それどころか、鬼の数は次第に増えてくるようだった。

(やべえな……このままじゃ……)

──死ね！

左右から、鬼が襲いかかってくる。片方は倒せる。しかし、もう一方は避《よ》けきれない。

(ダメだ……！)

そう思った瞬間、誰かが敵と卓也のあいだに割って入った。

ザシュッ！

銀色の光が走ったかと思うと、今しも卓也を引き裂こうとした鬼たちが胴から真っ二つになり、地面に倒れこんだ。

(薫……？)

恋人が現れたことに安堵《あんど》して、卓也は傍《かたわ》らに立つ長身の影を振り返った。

そして、小さく息を呑《の》む。

そこにいたのは、薫とは似ても似つかない長い白い髪の鬼だった。頭部には、金色の角が一本生えている。髪は真っ白だが、顔つきはまだ若い。身につけているのは、黒い着物と袴《はかま》だ。鬼は、手に抜き身の太刀《たち》を持っていた。

(薫じゃねえ⁉　誰だ⁉)

とっさに、卓也は飛びすさり、身構える。しかし、白髪の鬼は首を横にふった。

「私は、敵ではありません。ご安心ください」

「でも……」

(誰だかわかんねぇし……。敵じゃないって言われたって……)

卓也の想《おも》いを読みとったように、鬼は少し寂しげな目になった。

「では、勝手に助太刀《すけだち》させていただきます」

言うなり、襲いかかってくる鬼たちのあいだに飛びこみ、太刀を一閃《いっせん》させる。

銀色の光が走ったかと思うと、二体の鬼が同時に倒れた。つづいて、また一体。太刀が風を切るたびに、鬼が消えてゆく。

やがて、あたりはシーンと静まりかえった。もう残っている鬼はいない。

(すげ……)

卓也は呆然《ぼうぜん》として、この光景を見つめていた。

白髪の鬼が血糊《ちのり》を払って太刀を鞘《さや》に納め、卓也のほうにゆっくりと戻ってくる。

「驚かせてしまって、申し訳ありませんでした」

「あの……あなたは誰なんですか？　なんで、助けてくれるんですか？」

　卓也の問いに、鬼は静かに答えた。

「弟たちが、ご迷惑をおかけしたからです」

「弟……？」

　卓也は、アーモンド形の目を瞬《しばたた》いた。鬼はそれには答えず、悲しげに微笑《ほほえ》んだ。

「もし、無事に戻られましたら、弟たちに鉄火丸《てつかまる》は復讐《ふくしゅう》など望んでいないとお伝えください」

（え……？　鉄火丸って……金雀《きんじゃく》たちの兄貴だよな）

　卓也は、まじまじと白髪の鬼を見つめた。

　慰《なぐさ》みに人を殺したという話だが、とてもそうは見えない。

　それとも、父に倒されたことで、魂の暗い部分も消滅したのだろうか。

「これを……」

　鉄火丸と名乗った鬼は、着物の懐《ふところ》から黒い鞘《さや》に入った小刀をとりだし、すっと卓也にさしだした。小刀の鞘には、金色の蒔絵《まきえ》で三本の矢の紋章が描かれている。

「私の愛用の品です。弟たちも、初めはあなたの言葉を素直に信じないかもしれませんが、その時にはこれをお見せください。そうすれば、弟たちも納得しましょう」

「わかりました……」

卓也が小刀を受け取ると、鉄火は深々と頭を下げ、そのまま淡く光って消え失《きう》せた。

緑の匂《にお》いのする夜風が吹き過ぎてゆく。

卓也は、ゆっくりと池を振り返った。

小舟の上では、幼子が震えながら、こちらを見つめている。

「おい、大丈夫か？　今、そっち行くからな」

小刀を狩衣《かりぎぬ》の懐《ふところ》にしまい、卓也は岸辺によった。

「飛び移るから、舟の端につかまれ。少し揺れるかもしれねえけど、怖くねえからな」

子供は不安げな顔でうなずき、卓也に言われたとおり、舟の端にしっかりとつかまった。

（よし。行くぞ）

助走をつけて、卓也は走りだした。

岸辺で踏み切り、軽々と小舟に飛び移る。小舟は卓也の体重を受け、大きく揺れた。

だが、子供は声一つたてず、じっとしている。

卓也は用心しながら舟の中央に座り、子供の細い肩を抱きよせた。

「よしよし。よくがんばったな。もう大丈夫だぞ」

冷えた小さな身体《からだ》が、ギュッとしがみついてくる。

その時、ふいに卓也は相手の正体がわかった。

(蓬萊……⁉　蓬萊なのか……⁉)

一瞬、卓也は警戒した。

しかし、すぐに身体《からだ》の緊張を解く。相手には、こちらに危害を加える意思などなかった。

ただただ、怖くて、切なくて泣いている。

(そっか……。おまえ、本当はこんなに小さくて、怖がってたのか)

蓬萊の孤独が、卓也の胸に流れこんでくる。

遠い昔、蓬萊はさる貴人の落《お》とし胤《だね》として生まれた。

母は幼い頃に亡《な》くなっていた。

そのため、幼い蓬萊は都の外れの寺に預けられ、そこで成長した。

何事もなければ、髪を落として仏門に入り、静かに一生を送るはずだった。

だが、ある時、蓬萊は無実の罪を着せられ、佐渡に流された。

父である貴人は、都で起きた謀反《むほん》の陰に蓬萊がいるのではないかと疑ったのだ。

妾腹《しょうふく》の息子がなんの野心も持たないことなど、信じてはくれなかった。

蓬萊は供もなく、ただ一人で、この島にたどりついた。

来る日も来る日も一人で朝を迎え、粗末な食事をとり、疲れて動物のように眠る毎日。

目が覚めるたびに、自分の孤独と絶望が思い出され、いつもつらかった。

土地の者は彼らなりに親切にしてくれたが、好奇心や哀れみの念、嫉妬《しっと》と入り交じった蔑《さげす》みの視線が、いつも蓬莱を傷つけた。

都に帰りたい。

誰かを傷つけるつもりもないし、だいそれた野望を抱く気もない。

ただ、帰りたかった。

昔のように静かに暮らし、自由に都の大路を歩くことさえできたなら、何もいらない。

けれども、蓬莱の望みはかなわなかった。

気の遠くなるような年月、蓬莱は誰に触れられることもなく、必要とされることもなく、ただ一人で生きてきた。

誰も助けてくれることはないと自分に言い聞かせ、世をすね、人を恨んで、ますます人を遠ざけた。

そうして、蓬莱は鬼になった。

だが、その胸の奥底にはいつも寂しい幼子がひそんでいた。

なぜだか、卓也にだけはそれがわかった。

おそらく、最愛の恋人のなかに見たものとよく似た何かが、蓬莱のなかにあったからに違いない。

「もう大丈夫だぞ。助けにきたからな」

本能的な衝動につき動かされて、卓也は幼子の冷えた身体《からだ》をギュッと抱きしめた。

「怖かったな。よくがんばったな。いい子だ」

幼子は、声を放って泣きだした。

——怖かった。つらかった。寂しかった。

卓也は黙って、泣きじゃくる子供の背を撫《な》でていた。自分が幼かった頃、父や叔父や姉たちがしてくれたように。

やがて、子供が泣きやむと、卓也は小さな背中を軽く叩《たた》き、むこう岸を指さした。

「さあ、帰ろう」

幼い子供は、涙に濡《ぬ》れた目で卓也を見上げた。

——帰れるの？

「ああ」

子供にむかって微笑《ほほえ》みかけると、卓也はもう一度、岸を見た。

（え……⁉）

卓也の心臓が、とくんと跳ねた。

たった今、見たはずの風景と違うものが卓也の前に広がっていた。

遥《はる》かな対岸と、小舟のあいだを埋めつくす不気味な暗い水。

さっきはひと飛びで越えられたはずの距離が、今はもう翼でもなければ越えられないほどの距離になっている。

まるで、佐渡の岸辺から見た新潟《にいがた》のように、むこう岸はあまりにも遠い。

(なんで……!?)

真っ黒な水が、嘲笑《あざわら》うように揺れていた。

――やっぱり、渡れない……。無理だ。

子供が呟《つぶや》く。

呆然《ぼうぜん》として、卓也はアーモンド形の目を見開いた。

(これは……ダメかも……)

絶望的な想《おも》いがこみあげてくる。

その時、ふいに恋人の静かな声が聞こえたようだった。

――卓也……。

(薫……)

その声は、幻だったろうか。

だが、今の卓也にとってはそれだけで充分だった。

(そうだ。あきらめるな。あいつの所に戻るんだ)

卓也は大きく息を吸いこみ、心を鎮《しず》めた。雑念を払い去り、闇《やみ》のむこうに思念を凝《こ》らす。

ほどなく、卓也の目の前の暗い水面にぽーっと白い光の点が現れた。

白い光は、蓮《はす》の花だ。

一つ、また一つと水面に光の花が現れる。

やがて、光の蓮の花は、小舟の端から遥《はる》かな対岸まで、まるで飛び石のように連なった。

それは、妖《あや》しいまでに幻想的な光景である。

闇《やみ》のなかに浮かぶ、はかない光の花々。

卓也は、光の蓮の花を見つめた。

(渡れるのか……?)

蓮の花は水面に浮いているだけのように見える。体重をかければ沈んでしまいそうだ。

だが、ほかに道はなかった。

舟端からぎりぎりまで手をのばし、いちばん近い蓮の花に触れてみる。

指先に、意外と固い感触が伝わってきた。

(いける)

大きく息を吸いこむと、卓也は子供の身体《からだ》を抱いて立ち上がった。

「行くぞ!」

——無理だよ。沈んじゃうよ。死んじゃう。

子供が怯《おび》えたような声をたてる。

「無理じゃない！　渡ってこられたんだから、戻れるはずだ！」

迷いをふりはらうように大声で叫ぶと、卓也は子供の身体《からだ》をしっかり抱えたまま、いちばん近くの蓮《はす》の花にむかって跳んだ。

その一瞬、子供がヒッと喉《のど》を鳴らす音が聞こえた。

(怖がるな。頼む)

宙に浮いた卓也の足が、蓮の花をたしかに踏んだ。石のように、しっかりした感触である。

子供は卓也の胸に齧《かじ》りつき、息を殺し、じっとしている。

(よし、いける。大丈夫だ……！)

卓也は、次々に光の蓮の花を渡りだした。

第六章　告白の行方

目の前に、薄暗い対岸が見えてくる。
残る蓮《はす》の花は、あと一つ。
「ほら、大丈夫だったろ。あと少しだからな」
卓也《たくや》が言うと、怯《おび》えきっていた子供がようやくかすかな声を出した。
――うん……。
「よし！　ラスト！」
跳ぼうとした時だった。
まわりの暗い水が、一瞬のうちに消え去った。
蓮の花は、果てしない奈落《ならく》の上にかろうじて浮かんでいる。
（なんだ……これは……⁉）
卓也が息を呑《の》んだ瞬間、蓮の花が大きく揺れた。
（やべっ……！）

卓也は悲鳴を嚙《か》み殺《ころ》し、必死にバランスをとろうとした。
だが、身体《からだ》が大きく傾《かし》いだ。もう、まっすぐ立っていられない。
(落ちる！)
とっさに、卓也は腕のなかの子供を対岸にむかって力いっぱい放《ほう》った。
せめて、この子供だけでも助けなければいけない。
(行け！)
子供の身体はふわりと宙に舞い、むこう岸にどさっと落ちた。
――お兄ちゃん！
ハッとしたように子供が身を起こし、卓也を振り返る。
奈落《ならく》に落ちていきながら、卓也はその姿をはっきり見た。
(よかったな。むこうにつけたんだ)
――お兄ちゃんっ！
子供は、大きく目を見開いた。
「行け！」
(オレにはかまわずに)
その声が、言葉になったかどうかはわからない。
子供の頰《ほお》に、涙が一筋伝った。狩衣《かりぎぬ》に包まれた小さな身体が、金色に輝きだす。

見る見るうちに、金色の輝きはあたりを満たし、落ちてゆく卓也を照らしだした。
——ありがとう。……ごめんなさい。
かすかな思念が、卓也の胸に流れこんでくる。
金色の輝きのむこうで、幼子の身体《からだ》が砂のようにパッと砕けるのがわかった。
(やった……)
それを五感のどこかで感じながら、卓也は果てしない闇《やみ》のなかに落ちていった。
背筋が粟立《あわだ》ち、血が逆流する。
必死に手足をバタつかせても、触れるものは何もない。
(落ちる!)
「うわああああああーっ!」
恐怖に絶叫した瞬間だった。
「卓也」
懐《なつ》かしい声とともに、どこからともなく現れた白い手が卓也の手首をつかんだ。
温かな両腕が、卓也を抱き止めてくれる。
卓也の落下は、止まった。
ほのかに、藤《ふじ》の花の匂《にお》いがしたようだった。
「か……おる……」

ふいに、視界が正常に戻る。

気がつけば、卓也は尖閣湾《せんかくわん》に戻っていた。

小舟の上に座りこみ、後ろから恋人の腕に抱かれている。

どうやら、薫《かおる》が自分をあの空間から連れ戻してくれたらしい。

いつの間にか、嵐《あらし》は止み、雲の切れ間が見えていた。

まだ鉛色に濁った海の上には、小面《こおもて》をつけ、長絹《ちょうけん》を風に翻《ひるがえ》した蓬莱《ほうらい》の姿があった。

(蓬莱……)

鬼は卓也と薫を見、ゆっくりと小面を外した。小面の下から現れたのは、穏やかな翁《おきな》の顔だ。

翁は深々と一礼し、小面を波間に投げ捨てた。

そのまま、波の上を西にむかって歩きだす。

その姿は老人のものだったが、歩くにつれて、しだいに若返ってゆく。

老人から初老の男性へ、そして、三十代くらいの男性から、薔薇色《ばらいろ》の頰《ほお》の若者に。

やがて、蓬莱はどんどん幼くなって五、六歳の童子となり、やがて、幼児に変わった。

幼い蓬莱は不安定な足どりで、よちよちと歩いていたが、じきに両手をつき、赤ん坊の姿になって這《は》いはじめた。

その先は、波のむこうに隠れて、卓也たちの目にはもう見えない。

雲の切れ間から射《さ》しこむ陽光は、まるで天への階段のようだ。

波間に蠢《うごめ》いていた和邇《わに》たちも、とっくに姿を消している。

「あっち行って大丈夫なのかな。西だろ。……新潟《にいがた》と逆方向な気がするぞ」

卓也は、薫の腕のなかで呟《つぶや》いた。

彼の白い狩衣《かりぎぬ》は、もう白い綿シャツとジーンズに戻っている。

「極楽浄土の方角だ。問題ない」

背後から卓也を抱きしめたまま、薫がボソリと呟いた。

(極楽浄土……)

「そっか……。じゃあ、あっちでいいんだ」

卓也は薫のスーツの肩にもたれかかり、ふと気がついて自分の綿シャツの胸もとを探《さぐ》った。

「そういえば、オレ、金雀《きんじやく》と獄王《ごくおう》の兄貴に会ったぞ。……弟たちのことを勘弁してくれって。でも、ぜんぶ夢だったのかな。……このへんに入れたはずなのに、ねえし」

薫は、何も答えない。ただ、白い手が卓也の手をつかんで、ジーンズの尻ポケットに誘導する。

(ん……?)

卓也の指先に、何かがあたる。

とりだして、見ると、それは黒鞘《くろさや》の小刀だった。鞘の表面に、金の蒔絵《まきえ》で三本の矢の紋章が描かれている。

「夢じゃなかったんだ……」

呟《つぶや》く卓也の背後で、薫が微笑《ほほえ》んだようだった。

＊　　　＊

佐渡《さど》の鬼、蓬莱は筒井《つつい》卓也の働きによって鎮《しず》まり、その魂魄《こんぱく》は天に還《かえ》った。

佐渡を跳梁《ちょうりょう》していた怨霊《おんりょう》たちも、嵐《あらし》が去るのと同時に姿を消した。

筒井野武彦《のぶひこ》は息子が蓬莱を鎮めるのを確認したところで、ついに意識を失った。

筒井卓也と篠宮《しのみや》薫は、二台の車で駆けつけた筒井家の娘たち――不二子《ふじこ》、五津美《いつみ》、六津美《むつみ》と一緒に、野武彦を尖閣湾の近くの病院に運びこんだ。

意識を取り戻した野武彦は必死に抵抗したが、そのまま手術が行われた。

午後になって渡辺聖司《わたなべせいじ》と筒井家の長女、一美《かずみ》が事後処理のため、七曜会《しちようかい》の職員たちとともにやってきた。

聖司は薫を見るなり、息を呑《の》んだ。

卓也は知らないことだったが、野武彦の苦痛を肩代わりしていたため、薫の身体《からだ》にはとんでもない負担がかかっていたのだ。

――なんて無茶をするんですか……！

卓也が席を外した隙《すき》に、聖司は薫をつかまえ、雷を落とした。

彼は、卓也の件では薫に含むところはあったが、今回ばかりはそれよりも一退魔師としての怒りのほうが先に立っていた。

――なみの術者がこんなことをしたら、共倒れですよ！　いくら君でも、こんなバカな真似《まね》は認められません！　義兄《にい》さんと君と両方、死んでいたかもしれないんですよ……！

薫は、特に弁解も反論もしなかった。

ただ、真っ黒な瞳《ひとみ》でじっと聖司を見返す。

聖司は首をふり、呟《つぶや》いた。

――君には、あきれますね。そこまで、卓也君のためにがんばりますか。……私なら、義兄さんを気絶させて、さっさと手術させますけれどね。

半陽鬼《はんようき》は、やはり何も言わなかった。

蒼白《そうはく》な顔で、病院の壁にもたれて立っている。

その姿を見ると、さすがの聖司もこれ以上、責めることはできないと思ったようだ。

薫が七曜会の命令を無視した件は不問にすると言い、尖閣湾に近い相川《あいかわ》に宿をとったので、そこで休むように指示する。

薫もめずらしく聖司に逆らわず、自分の部屋に入るなり、死んだように深い眠りに落ちた。

それを見届けた卓也は、疲れた身体《からだ》を引きずるようにして、叔父と一緒に金山《きんざん》に戻った。

駐車場に封印されていた金雀と獄王を自由にし、鉄火丸《てっかまる》から託された小刀を手渡す。

——これ、おまえらの兄さんから渡してくれって言われた……。

鬼の兄弟は小刀を見て、ハッとしたような表情になった。

——これは……鉄火兄さんの……！

——なんで、おまえがこんなものを⁉

卓也は、あの空間で出会った鉄火丸のことを話し、その伝言を伝えた。

金雀と獄王は悄然《しょうぜん》とした様子で、もう二度と人間に危害を加えたり、野武彦をつけ狙《ねら》ったりしないと約束した。

——すまなかったな、偽者《にせもの》。意外といい奴だな、おまえは。

——元気でな、偽者。また佐渡に来いよ。甘い匂《にお》い、まだするぞ。早く身体洗えよ。

金雀と獄王が、目をこすりながら言う。

鬼の兄弟は、結局、最後まで卓也を偽者だと信じたままだった。

卓也も、訂正しようとはしなかった。

窓の外に、星空が広がっている。

＊　＊

相川のホテルである。

風呂《ふろ》あがりの卓也は気配を殺し、あたりをうかがいながら薄暗い廊下を歩いていた。

ジーンズに白い綿シャツという格好である。

さっきまで部屋で電池が切れたように眠っていたが、ふいに目が覚め、薫の様子が気になって見に行こうとしているところだ。

「たっくん、ゴーゴー」

「いけいけ、たっくん」

卓也からは見えない物陰で、五津美と六津美が拳《こぶし》をふりあげている。

「ねえねえ、五津美、叔父さんの部屋の前の結界、どのくらいもつかな」

「うーん……自信ないけど、六時間くらい？」

「よーし。いけ、たっくん！　遠慮はいらないぞ！」

声を殺して騒ぐ二人の背後に、すっと長身の人影が立った。

ギクリとして、五津美と六津美が振り返る。

そこには、白い狩衣姿《かりぎぬすがた》の聖司が飄々《ひょうひょう》とした様子で立っている。

「おっ、叔父さんっ！」

「なんで⁉」

双子が悲鳴のような声をあげる。

聖司は、ふふふと笑った。

「まったく、あんな程度の結界で私を閉じこめようとはいい度胸です。二人とも、まだまだ修行が足りませんね」

聖司は冷や汗をかいている五津美と六津美を見、ニッコリ笑った。

「……で、卓也君がなんですって？」

「いえ……なんでもないでぇす」

「大丈夫でぇす」

コソコソと逃げようとする双子を見、聖司はふっと真顔になった。

何かに呼ばれたように、くるりと振り返る。

聖司の目が、わずかに見開かれた。

そこには、紫のスーツの妖美《ようび》な影がひっそりと立っていた。

「おや……部屋にいたんじゃなかったんですか、薫君」

聖司の言葉に、薫は無表情に肩をすくめる。

双子も目を皿のようにして、薫の姿を凝視していた。

息づまるような沈黙のなか、美貌《びぼう》の半陽鬼《はんようき》は歩きはじめた。

紫のスーツの肩と白い狩衣《かりぎぬ》の肩がすれ違う。

「いい加減、あきらめろ」

半陽鬼の美しい唇がかすかに動く。

「鬼には卓也君は渡しませんよ。大切な甥《おい》っ子《こ》を喰《く》われては困ります」

聖司もまた、低く答える。

「俺は鬼じゃない」

薄く笑って、黒髪の少年は言い返す。

「半陽鬼だ」

「どっちも同じことです」

聖司は薫にむきなおり、何か言おうとした。

しかし、その時、廊下のむこうから一美がつかつかと近づいてきた。

青い綿シャツに白いスカートという格好だ。手には、地味な茶色のトートバッグを持っている。まるで、これからどこかに出かけるような格好だ。

「こんなところにいらしたんですか、叔父さま。支払いの件で、両津《りょうつ》総合病院の院長がどうしても納得しなくて……。むこうの七曜会職員も困っているんです。すみませんけれど、今から両津のほうについてきていただけませんか」

「え……？　両津、ですか？」

聖司の瞳《ひとみ》が揺れる。

この相川から両津までは、車でおよそ一時間。

「いってらっしゃい、叔父さん」

「気をつけてくださいね、叔父さん」

五津美と六津美がニッコリ笑った。

薫もチラと聖司の顔を見、唇の端をあげて笑った。

そのまま、卓也の後を追って歩きだす。

「あ……！　ちょっと！　薫君！　話はまだ終わったわけではありませんよ！」

聖司が声をあげる。

その後ろで、双子と一美がぐっと親指をたて、目くばせをしあう。

「待ってください、薫君！」

しかし、薫は足を止めなかった。

慌てて追いかけようとする聖司の白い狩衣《かりぎぬ》の肩を、一美ががっしとつかんだ。

「叔父さま、お仕事です。働くのですよ」

一美の目には、有無を言わせない光がある。

ほどなく、一美の運転する車は仏頂面《ぶっちょうづら》の聖司を乗せたまま、両津にむかって走りだした。

＊　＊

嵐《あらし》から一夜あけた朝は、見事な秋晴れとなった。

どこからともなく、海鳴りが聞こえてくる。まだ風は強いようだ。

「ん……」

寝ぼけ眼《まなこ》の卓也は、布団《ふとん》のなかで寝返りをうった。

いつの間にか、暑がって羽毛布団をはがしてしまっていたらしい。東京よりも気温が低いせいか、身体《からだ》が冷えきっている。

（寒いな……）

すぐ側《そば》に何か温かいものがあったので、身をよせた。

（気持ちいい……）

心地よい温《ぬく》もりに顔を押しつけ、両腕でしがみつく。

ほのかに藤《ふじ》の花の香りがしたようだった。

（ん……？　藤の花……？）

卓也の頭が、しだいにはっきりしてくる。
「目が覚めたか」
ボソリと言う声がして、誰かが羽毛布団《うもうぶとん》を肩まで引きあげてくれる。
優しい手が卓也のやわらかな髪を撫《な》でた。
（へっ⁉）
慌てて目を開くと、すぐ隣に薫の妖《あや》しいまでに美しい顔があった。
半陽鬼《はんようき》は裸で、枕《まくら》に肘《ひじ》をついている。白くなめらかな肌に、鎖骨が綺麗《きれい》に浮いていた。
「薫……」
（は……裸っ⁉）
それから、数秒遅れて、自分も一糸まとわぬ姿だということに気づく。
卓也の頰《ほお》が、うっすらと赤く染まる。
（そっか。オレ、昨日、薫と……）
いつも父や叔父の目をはばかっているため、朝まで一緒にいること自体、めずらしい。
こんな穏やかな朝は、久しぶりだった。
薫が愛《いと》しげに卓也の頭を抱えこみ、唇をあわせた。「おはよう」と瞳《ひとみ》だけが語る。
「おはよう……薫」
卓也も、恋人の唇に自分から軽く唇を触れさせた。

こんな朝をいつも夢見ていた。

(幸せだな……)

薫の指が、卓也の髪をそっと撫《な》でる。

恋人たちは二匹の子猫のようにくっついたまま、互いの胸の鼓動を感じていた。

「今日は一緒にいたい」

ボソリと半陽鬼《はんようき》が呟《つぶや》く。

「そうだな……」

卓也も相づちをうつ。

二人とも、それが無理だということはわかっていた。

昨日の事件の後始末が残っている。七曜会にも連絡をとらねばならないし、野武彦の見舞いにも行かなければならないだろう。

(ここに来てるの、オレたち二人だけだとよかったのにな。いまだに二人きりで旅行したことねえし。……普通の恋人みてぇにできねぇのかな)

急に切ない想《おも》いがこみあげてきて、卓也は恋人の胸に頬《ほお》をすりよせた。

薫が、わずかに目を見開くような気配がある。

「一緒に暮らせるといいのに」

ポツリと卓也は呟いた。

そんなことが無理なのは、百も承知ではあったが。

薫と住むために家を出ると言えば、父も叔父も反対するだろう。きっと面倒《めんどう》な騒ぎになるに違いない。

(ああ……そうだ)

卓也は、思い出した。

この事件を解決したら、父に二人の仲を認めてもらえるかもしれないと思ったことを。

(親父《おやじ》……認めてくれるかな。認めてくれねえかもな。……でも、オレ、ちゃんと言わなきゃ。いつまでも、こうやってるわけにはいかねえんだ。薫のこと……好きなんだって、はっきり言わなきゃ)

「薫……」

卓也は大きく息を吸いこみ、恋人の宝石のような漆黒《しっこく》の瞳《ひとみ》をじっと見上げた。

「オレ……親父に言うよ」

美貌《びぼう》の半陽鬼《はんようき》は「何を？」と尋ねるような目になった。

窓の外から、海鳥の鳴き声が聞こえてくる。

卓也はためらい、低く言った。

「オレが薫のこと、好きだって……。ちゃんと二人の関係を認めてほしいって」

薫は顔には出さなかったが、驚き、動揺したような気配が伝わってくる。

喜んでくれているのだろうか。それとも、二人の関係を公にすることには反対なのか。

(えっと……あんまり賛成したくねえのかな)

あまりにも沈黙がつづくので、卓也は不安になってきた。

「あの……ダメか?」

小声でささやくと、薫がひどく切なげな表情になって、ポツリと言う。

「家族より、俺を選ぶ気か」

「薫……」

耳の奥で、どくんどくんと自分の心臓の脈打つ音がする。

(おまえ、そこまで考えてくれていたのか……)

卓也は、恋人の顔をじっと見つめた。

「オレは家族が大事だし、おまえのことも大事だ。どっちも粗末にしたくねえ。でも、もし、どっちかしか選べないんなら、おまえのこと選ぶ。……世界じゅうで、一人だけしかいねえから」

「卓也……」

「オレ……おまえが好きだ。何回も言ったけど……。何があっても、オレはおまえの味方だし、おまえにならどんなことをされてもかまわねえ」

卓也は、恋人にむかって微笑《ほほえ》みかけた。

当人は決して気づくことはないけれど、その瞳《ひとみ》には誰よりも明るい光があふれている。

薫は、何かをこらえるような目になった。

「薫……？」

卓也の呼びかけに、半陽鬼《はんようき》はかすかな声でささやいた。

「いいのか？」

「いいんだよ。……これで勘当されたって」

強がりのように言ったとたん、薫の腕が卓也の裸の身体《からだ》をギュッと抱きすくめた。

荒々しい口づけが降ってくる。

「や……っ……薫……っ……」

「卓也……卓也……」

うわごとのように半陽鬼が最愛の少年の名を呼ぶ。

何もかも奪いつくすような口づけは、やがて、とろけそうに官能的な愛撫《あいぶ》に変わる。

「ん……ふぅ……っ……」

布団《ふとん》の上で、卓也の背がそりかえり、羽毛布団から陽《ひ》に焼けた膝《ひざ》がのぞく。

薫は、恋人の身体の隅々にまで唇と指を這《は》わせてゆく。

普段は隠されている部分も押し開き、熱い舌をねじこむ。

そのたびに、卓也は両手で口を押さえ、甘やかな悲鳴を嚙《か》み殺《ころ》した。

それでも、こらえきれずに熱っぽい吐息が漏れる。

「か……おる……ずりぃぞ……。オレだけに言わせて……」

卓也は汗に濡《ぬ》れた指をのばし、恋人の絹糸のような黒髪をつかんだ。

「オレのこと……好きか……？」

薫は卓也の手首を握り、その手のひらに口づけた。

たったそれだけで、卓也の全身に快楽の炎が走る。

美貌《びぼう》の半陽鬼《はんようき》は、恋人の手のひらから手首、手首から腕へと唇を這《は》わせ、上気した裸の肩を抱きしめた。

赤く染まった耳朶《みみたぶ》に唇を押しあてる。

「…………」

聞こえるか聞こえないかの声で、人間としての愛の言葉をささやかれ、卓也はブルッと身を震わせ、目を閉じた。

幸せすぎて、死んでしまいそうだ。

（オレ……もう……）

「まだだ」

弾《はじ》けそうになった部分をキュッと握りこまれ、後ろに脈打つものをあてがわれる。

薫の形に押し広げられ、埋めこまれたとたん、卓也の背筋に妖《あや》しい戦慄《せんりつ》が走った。

今までに感じたこともないほど、そこが気持ちよくて、穿《うが》たれるたびに身体《からだ》がびくびくと反応する。

「あっ……やっ……薫っ……ダメっ……！　達《い》っちまう……達っちまうよ……あっあっあっあっ……！　そこっ……！」

「卓也……」

薫もまた、激しすぎる快楽をこらえるように、苦しげに眉根《まゆね》をよせている。

その顔は、ゾクリとするほど艶《なま》めかしい。

時おり、卓也の首筋に触れた唇が薄く開き、歯をたてようとして、思いとどまったように離れる。

しかし、忘我の境地にある卓也はそれには気づかなかった。

欲望の蜜壺《みつつぼ》と化した部分をかきまわされるたびに、腰がびくんと動き、恥ずかしい声が漏れる。

上気した肌を伝う汗が陽《ひ》に焼けた太腿《ふともも》を伝い、膝《ひざ》のあたりに流れてゆく。

その汗を追いかけるように白い指が動く。

「あっあっあっ……やっ……ああっ……いいっ……薫……」

耳もとに押しあてられる熱い唇。

耳朶《みみたぶ》を甘嚙《あまが》みされながら、太腿を撫《な》であげられたとたん、卓也の視界は真っ白に染まった。

熱い身体《からだ》を布団《ふとん》に横たえられ、ずるりとぬかれて、初めて自分がそこだけの刺激で達《い》ったことに気づく。

（あ……オレ……）

なだめるように髪を撫《な》でてくれる手が、すっと離れる。

わずかな沈黙があって、薫が卓也の身体をギュッと抱きしめた。

恋人たちは肌をよせあい、互いの胸の鼓動だけを感じていた。

薫の指がわずかに動き、卓也の左手を握りこむ。

「いつか、一緒に……」

耳もとで、小さな声がささやく。

その後に、薫はなんとつづけようとしたのだろう。

いつか一緒に暮らそう――だろうか。

だが、それは本当に聞こえた言葉だったろうか。

もしかすると、卓也の切ない願望が聞かせた幻の言葉だったかもしれない。

卓也は薫の腕のなかで、とろとろと浅い眠りに落ちていった。

＊　＊

病室のドアの右上には、「筒井」と書かれたプレートがついている。

卓也は大きく息を吸いこみ、ドアを押した。

薫と肌をあわせた日の午後である。

シャワーを浴び、情交の痕跡《こんせき》は消してきたが、まだ腰の奥に気怠《けだる》さが残っている。しかし、卓也は努めて、そのことは考えまいとしていた。

ベッドに横になっていた父が目を開き、こちらを見る。

紺色のパジャマを着ている。無精髭《ぶしょうひげ》を剃《そ》ったせいか、だいぶすっきりした顔になっていた。

病室のなかには、父と卓也しかいなかった。

「お父さん……具合は？」

ベッドに近づき、卓也は父の顔を見下ろした。

野武彦は、情けなさそうな顔になった。

「さんざん医者に叱《しか》られたよ。普通の人間なら死んでいると脅《おど》された。その挙げ句、手術室で『星プリ』のCDをえんえん流すわ、腸をぐいぐい引っ張るわ……俺が何をしたというんだ？」

声は、いつもの野武彦よりも弱々しい。

やはり、開腹手術の翌日である。

「『星プリ』は、お父さんに気をつかってくれたんじゃねえのか。原作者だし」

「そんなわけがあるか。あれは医者の私物だ！」

大声を出したとたん、傷に響いたのか、野武彦は「うっ」とうめいて顔をしかめた。

「大丈夫か……お父さん？」

「大丈夫だ」

押し殺した声で言うと、野武彦は息子の顔を見上げた。

短い沈黙がある。

「卓也……」

「はい」

「昨日、言い忘れたが、蓬莱の件ではよくやったな」

父の言葉に、卓也は目を見開いた。

まさか、誉《ほ》められようとは思わなかったのだ。

「お父さん……」

「なんだ？　変な顔をして。……見事な舞だったぞ。世阿弥《ぜあみ》の扇があったとしても、俺にはあそこまでできなかったかもしれん」

野武彦の唇に、かすかな笑みが浮かんだ。

「よくやったな。本当に」

「はい……」

卓也の胸に熱いものがこみあげてきた。

野武彦はそっと手をあげ、卓也の頭を撫《な》でようとする。

だが、それより先に卓也は大きく息を吸いこみ、口を開いた。

「お父さん……あの……オレ、言わなきゃいけないことがあります」

「なんだ、あらたまって？」

〈鬼使い〉の統領は、怪訝《けげん》そうな顔になる。

卓也の胸の鼓動が速くなった。

(言わなきゃ。黙ってるのは、よくねえ)

言えば、きっと父は激怒するだろう。病室から追いだされてしまうかもしれない。

それでも、この機会を逃すわけにはいかなかった。

「オレ……お父さんは認めてくれねぇかもしれねえけど、薫のこと……」

野武彦が息を呑《の》む気配があった。

卓也を撫でようとした手が、毛布の上に落ちる。

野武彦が、つらそうに目をそらす。
重苦しい沈黙があった。
無言で父に責められているような気がして、卓也はぐっと拳《こぶし》を握りしめた。
(がんばれ、オレ。最後まで言うんだ)
「聞きたくねえのはわかるけど、聞いてください」
卓也は勇気を振り絞り、声を出した。
「オレ、薫のことが好きです。……愛しています」
やっとのことでそう言うと、卓也はうつむいた。
胸の鼓動が速すぎて、息苦しい。
(言っちまった……)
自分はとりかえしのつかない一歩を踏み出したのだと、卓也は感じていた。
それでも、もう後戻りするわけにはいかない。
(勇気をくれ、薫……)
しばらく、うなだれて父の返答を待っていた卓也は、おかしな気配に顔をあげた。
そして、絶句する。
(親父《おやじ》……)
いつも強くて、術者として完璧《かんぺき》だった父がベッドに仰向《あおむ》けに横たわったまま、涙ぐんでいる。

(どうしよう……オレ……)

卓也は狼狽《うろた》え、アーモンド形の目をそらした。

今さらのように後悔する。

こんなことなどせずに、一生隠しとおしておけばよかった。

父もうすうす勘づいていたとしても、卓也が告白などしなければ、見て見ぬふりもできたかもしれない。

しかし、もう、今の発言を取り消すことはできなかった。

(ごめん、親父《おやじ》……)

「オレ、〈鬼使い〉として、できるかぎりがんばります。任務もこなします。だから……薫のことを嫌わねえでください。……オレのことは嫌ってくれていいから」

小声で言うと、卓也は唇を嚙《か》みしめた。

いっそ、殴られたほうがマシだった。

「もういい」

湿った声で、父が言う。

卓也は、窓のほうにむきなおった。

せめて、父の顔を見ないふりをすることくらいしかできない。

「……ごめんなさい」

ポツリと呟《つぶや》く声は、沈黙のなかに消える。

長いこと、父と子は黙りこくったまま、同じ空間にとどまっていた。廊下のほうから、人の話し声や洗面所の水音に混じって、機械の電子音が聞こえてくる。

やがて、野武彦が口を開いた。

「このあいだ、夢を見た……」

「夢……ですか？」

「そうだ。おまえが小さい頃、二人でキャンプに行ったろう。あの夢だ」

父と子はどちらからともなく、目を見あわせた。

二人の脳裏に甦《よみがえ》ってくる光景がある。

闇《やみ》のなかで燃える火と、満天の星空。

——お父さん、大好き。ずっとずっと側《そば》にいてね。

あの日の小さな卓也の声とまだ若かった野武彦の声が時を隔て、病院で対峙《たいじ》する父と子の脳裏に木霊《こだま》する。

——卓也は偉いなあ。鬼に囓《かじ》られても泣かないなんて、さすが父さんの子だ。偉いぞ。

苦しいことなど、何一つなかった黄金の日々。迷いも自意識も存在しなかった、人生の曙《あけぼの》。

（あんな日もあった……）

卓也は父の目を見つめたまま、黙りこんでいた。

野武彦が、ポツリと呟《つぶや》く。

「俺はな……まだ認められん。いや……一生かかってもダメかもしれない」

〈鬼使い〉の統領の声は、苦渋に満ちていた。

「何もかも嘘《うそ》ならいいと思うぞ……」

「はい……」

野武彦は何かをこらえるように息を呑《の》み、押し殺した声で言った。

「俺が今、どんな気持ちかわかるか？」

「はい……」

「今の発言を取り消す気はないのか？」

「ありません……」

消え入りそうな声で言うと、卓也は頭を下げた。

「……ごめんなさい、お父さん」

「そんな言葉は聞きたくない……！」

感情が激したように声を張りあげ、再び野武彦は顔をしかめた。

「大丈夫か、お父さん……⁉ オレ、もう帰ったほうが……」

言いかける卓也を手で制し、野武彦は息子の腕をぐっとつかんだ。

「たとえ、何があっても、おまえは俺の息子だ。いいな」

その言葉を耳にしたとたん、卓也の喉《のど》の奥がキュッと狭《せば》まり、目の奥が熱くなった。

(お父さん……)

父の声にこもっているのは、まぎれもなく肉親の情愛だ。

たとえ、薫とのことを認められなくても、おまえを息子として愛していると野武彦の眼《まな》差《ざ》しが語る。

(手を……離されちまうかと思った……)

見捨てられ、家を追われ、一人になるのかと心のどこかで怯《おび》えていた。

けれども、それは不安が生んだ幻にすぎない。

野武彦は、決して卓也を見捨てないだろう。

どれほど、愚かなことをしても。世間から石もて追われるような真似《まね》をしたとしても。

それが、親というものなのだ。

「薫君を呼んできなさい。言いたいことがある」

野武彦が卓也の背を軽く叩《たた》き、静かに言った。

卓也は少しためらい、ペコリと一礼して病室を出た。

今さらながらのように、どうしようもなく足が震えはじめる。

ひとまずホッとしたものの、父が薫に何を言うのか不安でたまらなかった。

(薫……)

談話室で待っていた薫は、卓也の伝言に迷うような目をした。

しかし、黙って卓也に連れられ、野武彦の病室にむかう。

＊　　　＊

白い病室のなかで、筒井野武彦と篠宮薫は二人きりでむかいあった。

卓也は野武彦に言われ、席を外している。

野武彦はベッドに横たわったまま、枕《まくら》もとに立つ薫の顔を見上げていた。

(この姿勢は気に入らんな)

見上げる立場というのが、どうしても面白くない。

野武彦は、ベッドに起き上がろうとした。

だが、驚いたことに、いつものように腹筋で起き上がることができず、腹に力が入らない。

両腕でつっぱるようにして、恐る恐る上体を起こすと、傷口がピリッと引きつれて痛み、ほぼ同時に腹の奥にも重い痛みが走った。

「うっ……」

まだ、こんな姿勢をとるのは少し早かったかもしれない。

(しまった……)

「大丈夫ですか?」

静かな声で、薫が尋ねかけてくる。

病院で一緒に戦った時に、そうしてくれたように、今もまた、さりげなく野武彦を気遣ってくれている。

(俺が卓也の親父《おやじ》だからか)

そう思った野武彦は、ため息をついて、頭を軽く横にふった。

不愉快なことを考えてもしかたがない。

「いや……たいしたことはない」

〈鬼使い〉の統領は、半陽鬼《はんようき》の顔をじっと見た。

真正面からむきあったのは、これが初めてのような気がする。

(綺麗《きれい》な顔をしている)

こんな顔をしていたのかと、あらためて野武彦は薫の端正な顔を見つめた。

(まだ少年ではないか)

落ち着き払った物腰と術者としての有能さで、つい忘れてしまいがちになるが、篠宮薫は、息子よりもさらに一歳若いのだ。

いつの間にか、篠宮薫も十代の少年だということを忘れかけていた。

心のどこかで、大事な息子を奪い去ろうとする敵のような気がしていた。

だが、今回の戦いをとおして、野武彦には篠宮薫が世間で言われているほど無愛想《ぶあいそう》でも、無礼で不愉快な若者でもないことがわかった。

育った環境のせいか、半陽鬼《はんようき》の血のせいか、気の毒なくらい不器用な性格だが、その心には思いやりもあれば、彼なりの優しさもある。

そして、野武彦は認めたくないことだったが、息子とのあいだには滅多《めった》にないほどの深い絆《きずな》も存在している。

「薫君……」

「はい」

その名を呼ぶと、穏やかな声が返ってくる。

野武彦は、少したためらった。

自分は何を言うつもりだったのだろう。

恨み事か。それとも、卓也を不幸にすると許さないとでも？

いや、そんな陳腐《ちんぷ》なセリフを吐くつもりはなかった。

だいいち、まだ認めてはいないのだから。

窓から射《さ》しこむ陽《ひ》が、〈鬼使い〉の統領と半陽鬼《はんようき》を静かに照らしだしている。

「俺は、認める気はない」

「はい」

半陽鬼の黒い瞳《ひとみ》は、泉のように澄んでいる。

卓也の父に反対されることも、予想がついていたのだろう。動揺は見られなかった。

野武彦は、淡々と言った。

「これから先も反対するだろう」

廊下のほうから、見舞客のものらしいざわめきが聞こえてくる。

「だが……俺は君の敵ではない。君には恩義がある。卓也に関することでは味方になってやれないが、それ以外のことならば、俺の助力はあてにしてくれてもいい」

初めて、薫は驚いたように美しい闇色《やみいろ》の目を見開いた。

〈鬼使い〉の統領は、半陽鬼にむかって微笑《ほほえ》んだ。息子によく似た、向日葵《ひまわり》の笑顔。

「二度は言わない。……ありがとう」

薫は、うれしいような切ないような目をした。

野武彦の感謝の言葉など、期待はしていなかったのだろう。

それでも、正面きって言われれば、やはり心に響くものはあるようだ。

「そこに座りなさい。少し話をしよう」

野武彦は、ベッドの近くの椅子《いす》を目で示した。

美貌《びぼう》の半陽鬼《はんようき》は少しためらい、それに従った。

長い沈黙がある。

話をしようと言ったくせに、野武彦も黙りこんでいる。

しかし、それはどちらにとっても不愉快な沈黙ではなかった。

今までにない穏やかな空気が、二人のあいだに流れていた。

「金山の洞窟《どうくつ》で、幻を見た。嫌な幻だった。人の心の弱い部分を増幅すると、ああなるのだな」

枕《まくら》にもたれて、野武彦がポツリと言う。

薫がわずかに目をあげ、野武彦を見た。

「俺も見ました」

「誰が出た？　いや……言わなくてもいい。なんとなくわかる」

野武彦の言葉に、半陽鬼はふっと窓の外を見た。

「父でした」

「そうか……。それは、つらいものを見たな」

痛ましげな瞳《ひとみ》になって、野武彦は呟《つぶや》く。

彼も七曜会の退魔師として、薫の父、篠宮京《きょう》一郎《いちろう》が鬼の世界を滅ぼすために非道な行為をしたことや、その死の顚末《てんまつ》を知っていた。

薫は、黙って首を横にふった。

つらくなどなかったと言うような仕草だ。

野武彦の表情が、優しくなる。

(そうか……。あの戦いの後、初めて再会したわけだな。たとえ幻であったとしても)

伝え聞くところによると、篠宮京一郎は正気に戻った直後、薫の目の前で死んだという。

戦いの最中《さなか》に一方的に消えてしまった父親。

薫には、言いたいことがたくさんあったろうに。

「その……お父上と話はできたのか?」

半陽鬼《はんようき》はやわらかな眼差《まなざ》しになって、うなずいた。

いつもの彼らしくない、年齢《とし》相応の表情だった。

(こんな顔もするのか)

野武彦は、胸のなかで呟いていた。

長い時間をかけて、彼は金山での話を聞き出した。それは、謎《なぞ》めいた言葉の切れ端を拾い集めるような作業だった。

どうやら、篠宮薫はあの空間のなかで亡霊のような父と出会い、戦い、その死闘のなかで自分が息子として愛されていたことを悟ったらしい。

（篠宮京一郎もさまよっていたか）

「そうか。ようやく、お父上の気持ちがわかったのか。よかったな」

野武彦は、微笑《ほほえ》んだ。

「お父上も君に会えて、本望《ほんもう》だったろう」

「そうでしょうか」

ポツリと薫が言う。

「そうだとも。たとえ亡霊であれ、なんであれ、息子に再会できて、自分の本当の気持ちが伝えられたのならば、悔いはないはずだ。お父上にとっては、それだけが気がかりだったろうからな」

「はい……」

薫は子供のような目で野武彦を見、小さくうなずいた。

半陽鬼《はんようき》のまわりから、人に馴《な》れない野良猫《のらねこ》のような気配は消えている。

この一瞬だけ、彼は野武彦に気を許しているようだった。

他人に言ってもらえて、初めて、心のあるべき所に物事が落ち着くこともある。

父に憎まれていたわけではないと悟りはした。

しかし、それはあくまでも薫の心のなかだけの出来事だ。

あらためて、野武彦に肯定してもらえて、初めて薫は本当に救われたのだ。

父は、自分を息子として愛してくれていた。

そう再確認させてくれる相手は、やはり卓也ではなく、父親としての想《おも》いを知る野武彦でなければならなかったのだろう。

「ありがとうございました」

かすかな声で言うと、黒髪の少年は野武彦に一礼し、優美な仕草で立ち上がった。

野武彦が、すっと右手をさしだす。

薫は恋人の父の顔をじっと見下ろし、さしだされた手を静かに握った。

また、野武彦が退院すれば、卓也をめぐって対立する日々が戻ってくるだろう。

筒井家の門前で追いかえされることもあるかもしれない。

それでも、今だけは、二人は共犯者のような眼差《まなざ》しで互いの瞳《ひとみ》を見つめあっていた。

＊　　＊

「親父《おやじ》、なんて言ったんだ？」

卓也がボソリと尋ねる。

病院の屋上である。

屋上の一角は洗濯物干し場になっており、患者のパジャマやタオルが強い風に揺れていた。

ここには、卓也と薫以外の人影はない。

病室から出てきた薫は、はらはらしながら待っていた卓也を連れ、屋上に上ってきたのである。

この場所からは、海岸線にそって広がる相川の町とまだ白波のたつ日本海が見えた。

「認めんと言われた」

薫は、屋上のフェンスごしに相川の町を見下ろした。その彫刻のような横顔には、傍《はた》から読みとれるような感情は浮かんでいない。

「そっか……」

(やっぱ、親父《おやじ》、怒ってたのか)

しょんぼりして、卓也はうつむいた。

覚悟はしていたが、やはりつらい。

(認めん……か)

短い沈黙がある。

「少し話をした。……いいお父さんだな」

薫がボソリとつけ加えた。

病室での出来事を思い出しているらしい薫の瞳《ひとみ》には、彼にしてはめずらしく、やわらかな光が宿っている。そんな顔をすると、薫は妹の透子《とうこ》にひどく似て見えた。

「へっ⁉」

(どうしたんだ、薫⁉　おまえがそんなこと言うなんて⁉　大丈夫か⁉)

卓也はぽかんと口を開け、薫の美しい顔を凝視した。

あまりにも彼らしくない言葉である。

(なんで、そんなこと言うんだよ⁉　……まさか、おまえ、マジで親父《おやじ》とラブラブなんじゃ……!)

「何を考えている」

どことなく嫌そうな目つきになって、薫が呟《つぶや》いた。

「なんでもねえよっ!」

(オレの知らないとこで、いつの間にか親父とっ……!　薫のバカ!)

一人でぐるぐるまわる卓也を見、美貌《びぼう》の半陽鬼《はんようき》はすっと手をのばして、少年のうなじをつかんだ。

そのまま、ぐいと引きよせ、口づける。

「んっ……!」

（薫……⁉）

卓也は、アーモンド形の目を見開いた。

薫は左手で卓也の目をそっとふさぎ、キスをつづける。

「やっ……」

ようやく自由になって、卓也は抗議の声をあげる。

（親父《おやじ》とラブラブだなんてっ……！　ひでえよ、薫！）

卓也の勘違いを察したのか、薫は「バカか、おまえは」と言いたげな目になった。

それから、ふっと優しい瞳《ひとみ》になってささやく。

「おまえだけだ」

「薫……」

（ホントに？）

卓也は、まぢかにある闇色《やみいろ》の瞳を見つめた。

美貌《びぼう》の半陽鬼《はんようき》は、小さくうなずいてみせる。

「もう一回言ってくれよ」

笑顔になって、卓也は恋人に甘えかかる。

薫は「嫌だ」と言いたげな目になった。

「ずりぃな。なんだよ。減るもんじゃねえだろっ」

「減る」

クス……と笑って、薫は卓也の腰に両腕をまわした。

卓也が目を閉じると、静かに唇が重なってくる。

（薫……）

やがて、恋人たちは身をよせあったまま、どちらからともなく海のほうに視線をむけた。

数羽の鴎《かもめ》が白い腹を陽《ひ》に輝かせながら、低空を滑るように飛んでいる。

卓也がねだるように鴎を指さすと、薫がうなずく。

すっとのばした半陽鬼《はんようき》の雪のような手首に、恐れげもなく一羽の鴎がふわりととまった。

灰色の翼をたたみ、少し首をかしげる。

卓也は手をあげ、そっと鴎の背に触れた。

海鳥は、卓也に触れられても逃げる様子はない。

ひとしきり、卓也が撫《な》でた後で、薫が水平にしていた腕を下ろすと、鴎は何事もなかったように飛び立った。美しい弧《こ》を描きながら、沖のほうに滑空してゆく。

その時、一枚の羽毛が卓也の頰《ほお》をかすめるようにして、ふわっと落ちていった。

恋人たちは微笑《ほほえ》みを交わし、同時に沖のほうに視線をむけた。

青い海と澄んだ秋空のあいだに、刷毛《はけ》ではいたようなすじ雲が白く流れていた。

〈参考図書〉

『陰陽五行と日本の民俗』（吉野裕子・人文書院）
『鬼の研究』（馬場あき子・ちくま文庫）
『現代こよみ読み解き事典』（岡田芳朗・阿久根末忠編著・柏書房）
『図説　憑物呪法全書』（豊嶋泰國・原書房）
『図説　日本呪術全書』（豊嶋泰國・原書房）
『図説　民俗探訪事典』（大島暁雄／佐藤良博ほか編・山川出版社）
『日本陰陽道史話』（村山修一・大阪書籍）
『佐渡金山』（株式会社TEM研究所編著・株式会社ゴールデン佐渡）
『初めての能・狂言』（横浜能楽堂編・小学館）
『能の匠たち　その技と名品』（横浜能楽堂編・小学館）
『読んで楽しむ能　狂言鑑賞ガイド』（監修　羽田昶／写真　吉越研・小学館）
『対訳でたのしむ　葵上』（三宅晶子・檜書店）
『対訳でたのしむ　俊寛』（竹本幹夫・檜書店）
『対訳でたのしむ　羽衣』（三宅晶子・檜書店）

『鬼《き》の風水《ふうすい》』における用語の説明

鬼骨法《おにこつぽう》……直接、患部に触れることによって一時的に病の進行を抑え、術者が相手の苦痛を肩代わりする術。鬼の力を引く者にしか使えない。

鬼使《おにつか》い……鬼を使役神《しえきしん》として使う、人間の術者のこと。鬼を使役するには、人並みはずれて強い霊力が要求される。そのため、〈鬼使い〉の秘術は、筒井《つつい》家など一部の家系にしか伝わっていない。

鬼八卦《おにはっけ》……鬼にとっての風水を占う占術。鬼の血を引く者にしか習得できない。

鬼羅盤《おにらばん》……鬼八卦専用の呪具《じゆぐ》。

鬼道界《きどうかい》……鬼の世界。人間界と一部重なりあって存在する。人間界と鬼道界のあいだには〈障壁《しょうへき》〉と呼ばれる壁があり、相互の行き来を制限している。

七曜会《しちようかい》……日本における退魔関係者たちのトップに立つ団体。創設は、鎌倉《かまくら》時代末期。当時、散逸《さんいつ》しかけていた日本の退魔師たちの秘術を集約し、日本を鬼や邪悪な怨霊《おんりよう》から守ることを目的として創《つく》られた。以後、七百年近くにわたって、日本の退魔師たちを統《とう》括《かつ》してきた。現会長は、伊集院雪之介《いじゆういんゆきのすけ》。

退魔師《たいまし》……広い意味で、鬼や魔物を滅する術者のこと。

半陽鬼《はんようき》……鬼と人間のあいだに生まれた混血児のこと。『鬼の風水』の造語である。「鬼」

は陰《いん》の気が極まったものなので、陰の要素しか持っていない。これに半分、人間の血が混じると、半分が陰、半分が陽《よう》となる。そこで、半分だけ陽の気を持つ存在＝半陽鬼と考えた。

あとがき

はじめまして。そして、こんにちは。

『鬼《き》の風水《ふうすい》』外伝第二巻『比翼―ＨＩＹＯＫＵ―』をお届けします。

この作品は一件落着した恋人たちの「その後」の物語ですが、以前の作品をご覧にならなくても、話の内容がわかるように書いてあります。各キャラクターの関係や過去の経緯《いきさつ》についても、簡単に説明してありますので、どうぞご安心ください。

『鬼の風水』外伝は、この作品でいったん幕を閉じます。辛抱《しんぼう》強く「その後の二人」の物語を待ちつづけ、応援してくださったみなさまには、心からの感謝と愛を捧げます。

外伝一巻『薫風―ＫＵＮＰŪ―』を出した時には、本編のイメージを壊したとお叱《しか》りを受けたらどうしようと怯《おび》えていましたが、思いのほか、大勢のかたがたに暖かく迎えていただき、感激しました。本当にありがとうございます！　『比翼―ＨＩＹＯＫＵ―』も精一杯がんばりましたので、楽しんでいただけるとうれしいです。

前作『薫風―KUNPU―』のご感想のこと。

圧倒的に多かったのが、「篠宮《しのみや》薫《かおる》と筒井《つつい》卓也《たくや》に、もう一度会えてうれしい」でした。私も久しぶりに卓也と薫のお話が書けて、本当に楽しかったです。

次に多かったのは「薫がよくしゃべるようになった」「薫の感情が豊かになってよかった」でした。口数が増えたのは、卓也が「言わなきゃわかんねぇんだよ」としつこく言った成果かもしれませんね。

卓也の叔父、渡辺聖司《わたなべせいじ》に関しては「意地悪さがパワーアップした」という声が多かったです。聖司もいろいろ難しいお年頃なのです、きっと（笑）。

なお、聖司は『鬼の風水』と同じ世界の〇年後を舞台にした『七星《しちせい》の陰陽師《おんみょうじ》』シリーズでも暴れています。よろしかったら、そちらもご覧くださいね。

敵側の白銀《しろがね》公子や玉花《ぎょっか》公女《こうじょ》にも、どちらかというと同情が集まりました。「それぞれの想《おも》いが切なすぎて、誰も憎めなかった」というメールをいただいたのが印象的でした。

卓也の父、筒井野武彦《のぶひこ》のこと。

今回は、医療関係者の友人Ａ・Ｔさんが監修してくれました。Ａ・Ｔさん、ありがとう！

本職のかたにチェックしていただいたわけですし、なるべく嘘《うそ》は書きたくなかったのですが、お話の都合上、嘘《うそ》を書いてしまったところもあります。ごめんなさい。

野武彦の病状で、手術しないで点滴で誤魔化《ごまか》し、長時間動きまわったり、敵とバトルしてたら、たぶん死ぬと思います。

でも、そのへんはお話を面白くするための嘘ということで、お許しください。

野武彦の病気は、最初、糖尿病という案もありましたが、却下しました。

あと、手術室の自動ドアは鍵《かぎ》がかかりません。お話の都合で鍵がかかるようにしました。すみません。医療関係者のかたは、暖かい目で見守ってくださいね。

個人的に、野武彦をいじめるのは、楽しかったです。

タイトルのこと。

前の巻『薫風—KUNPŪ—』の「あとがき」で、二巻目のタイトル案を募集したところ、メールで多数のご応募をいただきました。ありがとうございます。『円卓—ENTAKU—』をはじめ、一番たくさんの案を出してくださったM・Mさん、本当にありがとうございました。H・Kさんの『筒井筒—TUTUIDUTU—』とT・Mさんの『刹那—SETUNA—』も素敵だなーと思いました。そのほかのみなさまにも心から感謝しています。

個人的に、『筒井筒』はホントに捨てがたかったです。でも、ローマ字をつけると早口言葉みたいなので、ちょっと……。ごめんなさい。

結局、『比翼―ＨＩＹＯＫＵ―』に落ち着きました。


能のこと。

本文のなかで、三種類の能を引用しています。「俊寛《しゅんかん》」「葵上《あおいのうえ》」「羽衣《はごろも》」です。できれば、本文と関連のあるものを一種類だけ使いたかったのですが、あまり希望どおりの箇所がなかったので、三種類から必要なところだけ抜き書きという形になりました。

なお、本文中で使っている能の衣装や扇はフィクションです。リアルにすると、演じる演目が限定されてしまいますので、あえてこういう形をとりました。ご了承ください。


佐渡《さど》取材のこと。

五月に佐渡に行ってきました。最初は流人《るにん》の島というイメージから、日本海の荒波が打ち寄せる暗い土地を想像していたのですが、実際に行ってみたら、のどかで気持ちのいいところでした。昔ながらの瓦《かわら》屋根に板葺《いたぶ》きの壁が多いので、落ち着いた色あいの建物が緑に溶けこんで、とても綺麗《きれい》。「古きよき日本の田園風景」って感じで、まさに宮崎《みやざき》アニメの世界です。

タクシーの運転手さんの話では、鉄筋コンクリートやモルタルは潮風でダメになりやすいのだそうです。機会があったら、また、のんびりしに行きたいです。

お台場《だいば》の大観覧車のこと。

一周するのに、十六分かかります。……私のコメントは差し控えたいと思います。


次回作は妖怪物で、イラストは引き続き、穂波《ほなみ》ゆきね先生です。

主人公は、なぜか初対面の人間には必ず女だと思われてしまう高二の美少年、松浦忍《まつうらしのぶ》。

どうやら、彼にはなんらかの呪《のろ》いがかかっているらしい。

ある時、忍は見知らぬ妖《あやかし》に襲われ、たまたま通りかかった鬼神《きしん》を支配する香道《こうどう》、御剣《みつるぎ》流の家元の息子、御剣香司《こうじ》に助けられる……！

──なんだ……男か。……まあ、いいだろう。一緒に来てもらおう。助けてやったお礼の代わりだ。

──な……っ！　何するんだよっ！　何がお礼だっ！　この人さらいっ！

香司の婚約者の代役として、彼の家に強引に連れて行かれてしまう忍。

御剣家は、次期当主の十八歳の誕生日に婚約者を決め、内外に披露する習わしがある。

しかし、格式の高い旧家である御剣家に嫁ぐことに不安を感じた婚約者が逃げたため、忍は急場しのぎの代役として連れて来られたのだ。

――内外の関係者も招待してしまいました。今さら、披露の儀は中止にできません。いずれ、ほとぼりが冷めたら婚約解消という形をとりますので、今だけ婚約者のふりをしていただけませんか。

香司の両親に頼まれる忍。

――ええー？　でも、オレ……男だし……。

――それを承知で、お願いします。ご両親にも、後ほどお話しさせていただきます。

――嘘《うそ》っ！　そんなの無理っ……！　うわあああああーっ！

思わぬことから、無理やり御剣家の未来の嫁として行儀見習いさせられることになる忍。御剣家の三千坪の広大な屋敷と、メイドや従僕、執事《しつじ》、ハウスキーパー、家庭教師など、七十数人の職員たちが忍を待ち受ける！

そんな忍の前に現れる蛇の妖《あやかし》の一族、鏡野《かがみの》家。彼らはなぜか忍を執拗につけ狙《ねら》い、御剣家にも卑劣な攻撃をしかけてくる……！

――俺の嫁に手を出すな。

――嫁って言うな！　まだ結婚してねえ！　っていうか、オレは男だ！

こういう話です。どうぞ、お楽しみに！

それでは、最後になりましたが、素敵なイラストを描《か》いてくださった、穂波ゆきね先生、本当にありがとうございます。次のシリーズも、どうぞよろしくお願いいたします。

監修してくださったA・Tさん、本当に感謝しています。ありがとうございました。

お名前は出しませんが、ご助言ご助力くださったみなさまにも心からお礼申し上げます。

そして、この本をお手にとってくださった、あなたに。

ありがとうございました。楽しんでいただけると、うれしいです。

それでは、ご縁がありましたら、新シリーズでまたお目にかかりましょう。

岡野《おかの》麻里《まり》安《あ》

岡野《おかの》麻里《まり》安《あ》先生の「鬼《き》の風水《ふうすい》外伝」『比翼―HIYOKU―』、いかがでしたか？

岡野麻里安先生、イラストの穂波《ほなみ》ゆきね先生への、みなさんのお便りをお待ちしております。

岡野麻里安先生へのファンレターのあて先
〒112-8001 東京都文京区音羽2-12-21 講談社 X文庫「岡野麻里安先生」係
穂波ゆきね先生へのファンレターのあて先
〒112-8001 東京都文京区音羽2-12-21 講談社 X文庫「穂波ゆきね先生」係

N.D.C.913　330p　15cm

岡野麻里安（おかの・まりあ）
10月13日生まれ。天秤座のA型。仕事中のBGMはB'zが中心。紅茶と映画が好き。流行に踊らされやすいので、世間で流行っているものには、たいてい私もはまっている。著書に『蘭の契り』(全3巻)、『蘭の契り　青嵐編』(全4巻)、『桜を手折るもの』(全4巻)、『七星の陰陽師』に続く『七星の陰陽師　人狼編』(全4巻) がある。本書は『鬼の風水』外伝第2弾。

講談社X文庫

white heart

比翼《ひよく》―HIYOKU―　鬼《き》の風水《ふうすい》 外伝《がいでん》

岡野麻里安《おかのまりあ》

●
2004年9月5日　第1刷発行

定価はカバーに表示してあります。

発行者――野間佐和子
発行所――株式会社 講談社
東京都文京区音羽2-12-21 〒112-8001
電話 編集部 03-5395-3507
販売部 03-5395-5817
業務部 03-5395-3615
本文印刷―豊国印刷株式会社
製本―――株式会社大進堂
カバー印刷―半七写真印刷工業株式会社
デザイン―山口　馨

ISBN4-06-255752-5

講談社X文庫ホワイトハート・FT&NEO伝奇小説シリーズ

十二国記 アニメ脚本集1 脚色／會川昇 原作／小野不由美
もうひとつの世界《オリジナルストーリー》が生まれた制作秘話《エピソード》も収録。（絵・田中比呂人）

十二国記 アニメ脚本集2 脚色／會川昇 原作／小野不由美
これは小説がアニメに生まれ変わる第一歩！（絵・田中比呂人）

十二国記 アニメ脚本集3 脚色／會川昇 原作／小野不由美
『風の海 迷宮の岸』＋『書簡』を収録!!（絵・田中比呂人）

十二国記 アニメ脚本集4 脚色／會川昇 原作／小野不由美
人気原作のアニメ化――その原点がここに！（絵・田中比呂人）

十二国記 アニメ脚本集5 脚色／會川昇 原作／小野不由美
話題のTVアニメの原点、會川脚本完結！（絵・田中比呂人）

法廷士グラウベン 彩穂ひかる
第6回ホワイトハート大賞《期待賞》受賞作!!（絵・丹野 忍）

消えた王太子 法廷士グラウベン 彩穂ひかる
ジャンヌ・ダルクと決闘！ 危うし法廷士!!（絵・丹野 忍）

ケルンの聖女 法廷士グラウベン 彩穂ひかる
ドイツの運命――美貌の法廷士が裁く！（絵・丹野 忍）

瑠璃色ガーディアン 魔都夢幻草紙 池上 颯
キッチュ！ 痛快！ ハイパー活劇登場!!（絵・青樹 總）

ヴァーミリオンの盟約 魔都夢幻草紙 池上 颯
怪異・魔事から江戸を守るハイパー活劇！（絵・青樹 總）

神を喰らう狼 榎田尤利《えだゆうり》
ボーイはフェンのためのクローンだった!!（絵・北畠あけ乃）

蘭の契り 岡野麻里安
妖《あやかし》と縛魔師の戦いに巻き込まれた光は……!?（絵・麻々原絵里依）

龍神の珠 蘭の契り2 岡野麻里安
光は縛魔師修行のため箱根の山中へ……。（絵・麻々原絵里依）

銀色の妖狐 蘭の契り3 岡野麻里安
光と千晶。命を賭した最終決戦の幕が上がる。（絵・麻々原絵里依）

月光の妖狐 蘭の契り 青嵐編 岡野麻里安
光に新パートナー!? 〝蘭の契り〟新シリーズ!!（絵・麻々原絵里依）

龍の化身 蘭の契り 青嵐編 岡野麻里安
一人の少女を巡り千晶と光の心は揺れて…。（絵・麻々原絵里依）

銀色の指輪 蘭の契り 青嵐編 岡野麻里安
光が、調査で潜入した妖の街で軟禁状態に!?（絵・麻々原絵里依）

風花の契り 蘭の契り 青嵐編 岡野麻里安
光と千晶、絶体絶命か!? シリーズ最終幕。（絵・麻々原絵里依）

桜を手折るもの 岡野麻里安
〈桜守〉vs.魔族――スペクタクル・バトル開幕！（絵・高群 保）

闇の褥《しとね》 桜を手折るもの 岡野麻里安
見る者を不幸にする、真夏に咲く桜の怪！（絵・高群 保）

☆……今月の新刊

講談社X文庫ホワイトハート・FT&NEO伝奇小説シリーズ

桜の喪失　桜を手折るもの　岡野麻里安
桜の聖域にむかった隼人に、新たな試練が！（絵・高群　保）

桜の原罪　桜を手折るもの　岡野麻里安
〈桜守〉と魔族とのスペクタクル・バトル最終章！（絵・高群　保）

七星の陰陽師　岡野麻里安
落ちこぼれ美少年陰陽師、七瀬《ななせ》藤也《とうや》、登場！（絵・碧也ぴんく）

雪鬼の哭《な》く街　七星の陰陽師　人狼編　岡野麻里安
若き退魔師たちが活躍。シリーズ新章開幕！（絵・碧也ぴんく）

月の羅刹《らせつ》　七星の陰陽師　人狼編　岡野麻里安
飼い犬が逃げ出す怪事件を追って、四国へ！（絵・碧也ぴんく）

赤い獣の封印　七星の陰陽師　人狼編　岡野麻里安
若き退魔師たちのデンジャラスバトル第3弾!!（絵・碧也ぴんく）

邂逅《かいこう》　七星の陰陽師　人狼編　岡野麻里安
藤也と嵐を待つ運命は!?　シリーズ最終幕!!（絵・碧也ぴんく）

薫風―KUNPŪ―　鬼の風水 外伝　岡野麻里安
卓也と薫の戦い再び！　人気シリーズ外伝。（絵・穂波ゆきね）

☆比翼―HIYOKU―　鬼の風水 外伝　岡野麻里安
恋人か父か……。卓也の究極の選択とは!?（絵・穂波ゆきね）

石像はささやく　小沢　淳
石像に埋もれた街で、リューとエリーは!?（絵・中川勝海）

罪なき黄金の林檎　小沢　淳
妖しくも美しい19世紀末ロンドン！（絵・金子智美）

月の影　影の海[上]　十二国記　小野不由美
海に映る月の影に飛びこみ抜け出た異界！（絵・山田章博）

月の影　影の海[下]　十二国記　小野不由美
私の故国は異界《ここ》――陽子の新たなる旅立ち！（絵・山田章博）

風の海　迷宮の岸[上]　十二国記　小野不由美
王を選ぶ日が来た――幼き神の獣の逡巡《しゅんじゅん》！（絵・山田章博）

風の海　迷宮の岸[下]　十二国記　小野不由美
幼き神獣――麒麟《きりん》の決断は過《あやま》ちだったのか!?（絵・山田章博）

東の海神《わだつみ》　西の滄海　十二国記　小野不由美
海のむこうに、幸福の国はあるのだろうか!?（絵・山田章博）

風の万里　黎明の空[上]　十二国記　小野不由美
三人のむすめが辿る、苦難の旅路の行方は!?（絵・山田章博）

風の万里　黎明の空[下]　十二国記　小野不由美
慟哭《くるしみ》のなかから旅立つ少女たちの運命は!?（絵・山田章博）

図南《となん》の翼　十二国記　小野不由美
恭国《きょうこく》を統《す》べるのは私！　珠晶《しゅしょう》、十二歳の決断。（絵・山田章博）

黄昏《たそがれ》の岸　暁の天《そら》[上]　十二国記　小野不由美
帰らぬ王、消えた麒麟――戴国《たいこく》の行方は!?（絵・山田章博）

☆……今月の新刊

原稿大募集!

いつも講談社X文庫をご愛読いただいてありがとうございます。X文庫新人賞は、プロ作家への登竜門です。才能あふれるみなさんの挑戦をお待ちしています。

1
X文庫にふさわしい、活力にあふれた瑞々しい物語なら、ジャンルを問いません。

2
編集者自らがこれはと思う才能をマンツーマンで育てます。完成度より、発想、アイディア、文体等、ひとつでもキラリと光るものを伸ばします。

3
年に1度の選考を廃し、大賞、佳作など、ランク付けすることなく随時、出版可能と判断した時点で、どしどしデビューしていただきます。

**X文庫はみなさんが育てる文庫です。
プロデビューへの最短路、
X文庫新人賞にご期待ください!**

X文庫新人賞

●応募の方法

資格　プロ・アマを問いません。

内容　X文庫読者を対象とした未発表の小説。

枚数　必ずテキストファイル形式の原稿で、40字×40行を1枚とし、全体で50枚から70枚。縦書き、普通紙での印字のこと。感熱紙での印字、手書きの原稿はお断りいたします。

賞金　デビュー作の印税。

締め切り　応募随時。郵送、宅配便にて左記のあて先まで、お送りください。特に締め切りを定めませんので、作品が書き上がったらご応募ください。

特記事項　採用の方、有望な方のみ編集部より連絡いたします。

あて先　〒112-8001　東京都文京区音羽2-12-21
講談社X文庫出版部　X文庫新人賞係

なお、本文とは別に、原稿の1枚目にタイトル、住所、氏名、ペンネーム、年齢、職業（在校名、筆歴など）、電話番号を明記し、2枚目以降に1000字程度のあらすじをつけてください。

原稿は、かならず通しナンバーを入れ、右上をひも、またはダブルクリップで綴《と》じるようにお願いします。また、2作以上応募される方は、1作ずつ別の封筒に入れてお送りください。

応募作品は返却いたしませんので、必要な方はコピーを取ってからご応募願います。選考についての問い合わせには応じられません。

作品の出版権、映像化権、その他いっさいの権利は、小社が優先権を持ちます。